LA MALÉDICTION DE L'ÉPHÉMÈRE

RICHARD CANAL

RICHARD CANAL

LA MALÉDICTION
DE L'ÉPHÉMÈRE

ÉDITIONS J'AI LU

*Collection créée et dirigée
par Jacques Sadoul*

I

LE CERCLE ROUGE

1

Les lumières du *Relais à Hermann* s'estompaient dans le rétroviseur. Phil conduisait vite et le vieux Saviem à chenilles se déhanchait sur les ornières comme un canard. A chaque secousse, les amortisseurs pourris de la cabine m'envoyaient des flèches dans les reins. Pour ne pas changer, Phil tirait la gueule.

Si un pékin s'avisait un jour de me demander pourquoi je m'obstine à faire équipe avec un cyclothymique notoire de la trempe de Phil le Corbac, je crois que je resterais comme un con un moment puis que je lui tirerais une balle entre les deux yeux. Tous les roadrunners de la région m'ont offert leurs services à un moment ou à un autre et je continue de me coltiner mon Phil comme s'il était le seul allumé à savoir toucher un volant. Faut dire à sa décharge que depuis qu'il trace la route pour moi, je n'ai plus trop de pépins dans les Cercles. En vieillissant, on devient superstitieux.

Ce n'était pas la première fois qu'il me touchait un mot de ses problèmes de fric. Ce soir comme tous les autres soirs, j'avais esquivé. Merde, il savait aussi bien que moi que je n'avais pas les moyens de le dépanner, du moins pour l'instant. Fallait pas qu'il se foute la tête à l'envers pour ça, j'allais me refaire, aussi sûr que je m'appelais Jack le Searcher.

La banlieue alignait ses villas désertes au bout de nos projecteurs, ses piscines envahies par le lierre bleu, ses carcasses rouillées, ses bouches de nuit crénelées où s'accrochait parfois un éclat de vitre aussi vif qu'un coup de navaja. Plus personne n'habitait le coin, même si la véritable frontière du Cercle Noir, du Black, comme on disait dans le métier, se trouvait encore à un bon kilomètre. Trop d'événements étranges s'étaient produits dans les parages après la fin de la guerre.

A force de la fréquenter, je connaissais la route aussi bien que mon acte de naissance. Virage à gauche, traversée en douceur du croisement foutoir entre les routes de Foix et de Montpellier, petit coup de herse pour dégager les épaves désossées, puis ligne droite jusqu'à l'ancien débit de tabac dépoté par un obus, et la première frontière serait là.

« Ralentis, on approche du pont.

— Bon Dieu, Jack, tu vas me faire le coup à chaque fois ? J'en ai ras la patate. T'étais pas né que j'enterrais mon premier searcher. Alors, laisse papa conduire et tout ira bien. »

Je me tassai un peu plus au fond de la banquette. Quand je l'agaçais, le salaud prenait un malin plaisir à me rappeler à tout bout de champ que l'espérance de vie d'un searcher était ridicule, comparée à celle d'un roadrunner.

Nous y étions enfin. Une nouvelle fois, sans encombre. D'un coup de volant nerveux, Phil engagea le camion à l'abri du bosquet de peupliers et coupa le moteur. Je sortis dans la fraîcheur de l'automne finissant. Les lampes de la rampe, éteintes, craquaient au-dessus de moi. En sourdine, la Garonne modulait une plainte monotone entre les piles du pont. Pas un souffle, pas un parfum, le vent avait fui vers le Sud en début de soirée. Seules quelques chouettes pleuraient avec le fleuve.

Je m'installai dans une crevasse qui fendait l'asphalte sur toute sa largeur et déployai mon matériel. A la clarté de la lune, je devinais les rambardes du pont. Un de ces jours, les enflures du Syndicat le piégeraient. Peut-être aujourd'hui, peut-être demain. J'étais prêt.

Le simulateur bourdonnait contre ma paume. Une fois le programme appelé, il suffisait de poser le boîtier face au ciel et de croiser les bras. Les microlasers s'occupaient du reste. Deux, trois secondes, et une copie du Saviem apparut cent mètres devant nous, le nez pointé sur le pont. Tout était à sa place, le Pégase sur le capot, l'enjoliveur droit fendu par le marteau de mon copain Geronimo, l'arsenal impressionnant sur le toit de la cabine, jusqu'à la silhouette de Phil courbée sur le volant. Bien malin le mec capable de distinguer l'infime vibration qui agitait les contours de l'hologramme.

Je grelottais ; il faisait frisquet pour la saison. Je réintégrai la cabine. Aussitôt, la buée s'attaqua à mes verres de lunettes, de sorte que je dus passer le bloc de commandes à Phil. La soirée était déjà bien avancée, une barre pesait sur mes sourcils, sans doute un effet de la dernière bouteille de chianti que nous avait offerte Hermann. Nous n'aurions pas dû nous attarder au *Relais*, surtout pour en arriver à se faire la gueule.

« N'appuie pas trop sur la manette ! Ça sert à rien de fignoler un modèle de cette qualité si tu lui fais faire des bonds de kangourou. Abaisse le palonnier, je te dis, ça flotte encore.

— T'as dû te planter, Jack. Ton bidule réagit pas normalement.

— Montre ! »

Je lui repris le bloc des mains, fis défiler le programme sur l'écran intégré. Merde et remerde, je devenais gâteux ! Voilà que j'avais oublié d'intégrer le paramètre de masse dans la simulation. Hum, au jugé, vingt-deux tonnes, à peu près le poids d'un Saviem de série. Tip, titip au clavier. Le temps pour le processeur de digérer la donnée et le simulacre se tassa sensiblement sur le macadam.

Pour détendre l'atmosphère, je repassai les commandes à Phil. Le grand dadais n'avait jamais perdu ce plaisir que les gosses éprouvent à téléguider un modèle réduit. Notre faux Saviem progressait à vitesse modérée. Derrière les chenilles, les galets réapparaissaient, intacts, et ce détail choquait presque, du moins un œil averti, quand on mesurait la perfection de l'ombre portée, celle du bruit du moteur. Même la clarté des étoiles se reflétait sur le blindage, c'est vous dire.

« Doucement, maintenant. »

Le train avant aborda en souplesse le tablier

du pont. D'ici quelques secondes, nous saurions à quoi nous en tenir : feu d'artifice ou silence. L'eau chahutait sur les rochers en contrebas. Les lasers d'assaut activés, nous nous tenions prêts à déclencher la riposte. Avec une nonchalance de tortue blindée, la chenillette virtuelle cahotait entre les parapets à demi démantelés.

Par acquit de conscience, nous poussâmes le simulacre jusqu'à la berge opposée. Sans déranger la sérénité violette du paysage.

« Okay ! On fonce. »

La route du Black était ouverte, le tuyau d'Hermann s'avérait de première main.

Tandis que Phil relançait le moteur du Saviem après m'avoir rendu le simulateur, j'appuyai sur la touche *Reset* et de l'autre côté du fleuve, l'image du Saviem disparut, à nouveau chaîne de bits dans la mémoire du processeur.

Le ciel était d'une pureté magique dans sa robe noire et nue. Les navettes de la police des frontières devaient avoir regagné la base d'Agen, abandonnant l'espace à une poignée d'astres en goguette. Je cherchai machinalement les feux du réacteur de TerraMater mais il y avait longtemps que la fusée n'était plus visible. Elle venait de franchir l'orbite d'Uranus ou de Pluton, je ne savais trop laquelle, et cela ne me faisait ni chaud ni froid, du moment qu'on ne la voyait plus. Cette nuit, Phil et moi avions une autre aventure à vivre, aussi passionnante, aussi dangereuse.

Une fois le pont franchi, nous étions devenus des hors-la-loi, des cibles potentielles pour la police de la Périf. Depuis le temps que nous taquinions la loi, nous avions oublié d'avoir peur. Au contraire même, nous nous sentions en sécurité. Les bombes et les bulldozers du ministère de l'Environnement avaient effectué un excellent travail dans les quartiers chics de la proche banlieue et nos roues glissaient sur une terre arasée, nivelée, aussi plate qu'une bouillie de fèves coagulée. Pas une construction, pas un arbre ne se dressait entre nous et la prochaine frontière. Seules de rares touffes d'épineux, des broussailles hirsutes pas plus hautes que la main, filandreuses et sèches, luttaient pour enfoncer leurs racines au cœur du sable né du concassage des roches. Personne ne pouvait nous surprendre, si ce n'est un fou circulant tous feux éteints, mais ce genre d'illuminé ne fait pas long feu dans le Black. Quand on fréquente l'antichambre de l'Enfer, on apprend vite que les sables mouvants qui la parsèment digèrent sans sourciller un semi-remorque. Je défie quiconque de repérer ces saloperies à la seule lueur de la lune.

Pour Phil, la balade aux projos, c'était une affaire de routine et nous filions bon train. Malgré son regard toujours en mouvement, la tension semblait l'avoir quitté. Je décidai de remettre le sujet sur le tapis afin d'aboutir à un compromis.

«Je suis passé devant la galerie samedi dernier. Bory avait exposé un Gaetano. J'ai envoyé un passant demander le prix. Par curiosité. Devine!»

Rien que ses yeux de chouette qui palpitaient.

«Six cent mille. Tu te rends compte? Un truc qui, il y a trois mois, valait plus du double.

— J'en ai rien à foutre, Jack. Mon bahut doit

tourner comme une horloge si on veut pas rester en rade dans le Red.

— Va voir l'Espagnol de ma part, il te fera une fleur.

— Mille bornes, ça fait une trotte, et puis il est comme les autres. Il pense qu'à se sucrer. D'ailleurs, pourquoi il se gênerait ? Ça va faire un demi-siècle que le dernier Saviem est sorti de Billancourt. Alors, douze mille cinq cents tickets pour une paire d'amortisseurs sur chenilles, moi, je trouve ça plutôt correct. Non, Jack, le turbin, c'est plus rentable. Je dis pas que tu m'entubes, ça non, mais j'y arrive plus. Avec les médicaments d'Emma, je suis saigné à blanc.

— Que veux-tu que je te dise ? Je comprends plus rien à rien. Les modes galopent plus vite que l'inflation. Au début, c'était pas pareil, tout le monde y croyait. Tu te rappelles ? Le mirage de l'après-guerre, l'euphorie de la reconstruction, un beau piège à cons, ouais...

— C'est pas ça, Jack, tu vieillis. Tu presses le même citron depuis trois ans et tu veux récupérer autant de jus qu'au début.

— Ça va repartir, j'le sens.

— Arrête de rêver, merde, tu manages une équipe de bananes sur le retour. Le jour où tu te décideras à t'enfoncer dans le Gold, là, peut-être qu'on refera surface. »

L'enfoiré avait raison. De trouille, j'avais laissé filer le Jack Slinger d'antan, celui qui, de chaque voyage, rapportait la merveille des merveilles capable de mettre les cinq continents à genoux. Chronique d'une déchéance annoncée. Ça faisait un bon bout de temps que j'avais quitté la suite du *Waldorf Astoria* pour crécher au *Copacabana*, impasse des Martyrs. Un nom bien prestigieux pour un clandé glauque et puant coincé entre une pizzeria tomates conserve et une salle de jeu aux volets pisseux. Sans parler de la mine sordide de la patronne qui, jour après jour, s'usait les yeux sur un dépliant Air Brésil. Pain de Sucre sous nuage de graisse rance, imaginez le tableau. Bien entendu, il m'arrivait de revenir au bar du Waldorf pour un digestif ou pour affaires, mais le cœur et surtout le portefeuille n'y étaient plus.

« Tu peux frimer ! Derrière tes trois couches de blindage, n'importe qui se sentirait à l'aise. Y a qu'à voir ! T'as pas posé le pied sur le Red que t'as déjà la chiasse. Faut te voir balancer les pièces comme des sacs de patates, après. Bonjour, la poésie.

— A chacun son boulot, merde. Je joue pas au papillon de nuit, moi. J'ai une femme à bigoudis et une bicoque qui se couvre de champignons en hiver. Je sais même pas comment c'est foutu, un casino.

— Et tu la trouves chouette, ta vie de cafard sous Valium ?

— Au moins, j'ai pas les idées qui fichent le camp comme des feuilles mortes dès que je fais pas gaffe. T'as voulu devenir searcher, empocher le gros magot, la gloire. C'est pas le moment de venir chialer, tu pourrais te ramasser une beigne.

— Tu sais pas comment ça fait ! »

Comment lui décrire ? A certains moments, tout se barrait. J'avais beau me raccrocher au paysage, à une gamine qui sautait à la corde sous des pommiers en fleur, les étoiles de mai finissaient par disparaître au bout des branches comme des cierges qu'on soufflerait un à un, sans se presser. Je ne voyais plus qu'une silhouette occupée à rebondir, un automate détraqué sur fond de terre brûlée. Et puis rien, le néant. Une cécité complète. Jusqu'à ce que des formes, des couleurs, des sons se mettent à me dynamiter les sens. Le paradis et l'enfer dans ma petite tête de médiocre. J'étais Bruckner, Dali, Fellini et Rodin à la fois, et quelqu'un m'avait attaché à un bûcher.

« T'as jamais rien vu d'aussi beau, j'te jure. On dirait des vers qui rampent dans le cerveau pour allumer des arcs-en-ciel.

— Ça va, Jack, ça va. Ça sert à rien de ressasser.

— Mais ces putains d'asticots te labourent la cervelle, et tu sens que ça saigne, là-dedans. » Je me tapai le front. « T'as la douleur, des vagues rouges qui pourraient te tuer, des flamboiements d'apocalypse qui te grillent les neurones à la chaîne. Alors, tu te mets à prier. Pour que le monde soit laid, vérolé, pour qu'il crève. Même si t'es pas croyant, tu pries, Phil, je t'assure, tu pries... »

Le pire, c'est que la fièvre tombe d'un coup. On ouvre les yeux, et le soleil plombe les cuisses de la gamine. Les ombres frémissent au coin des corolles blanches, le vent se parfume au jasmin. Le printemps est de retour, quoi, mais on sent comme un trou au fond du cœur. Suffit d'ouvrir un peu les yeux, de regarder autrement pour comprendre. La robe de la princesse est déchirée, sale, le chancre dévore le tronc des pommiers et on a l'air d'un demeuré, planté au milieu du verger à regarder cette pauvresse user son enfance à des conneries.

Surtout, ne devenez jamais searcher. Le pognon, la gloire ne valent rien face au vide. La fortune, la célébrité vous quitteront, le vide, jamais. Et quand les projecteurs se seront éteints, vous vous retrouverez à pleurer dans un taudis en attendant la prochaine crise. Vous l'appellerez de tous vos vœux, même en sachant qu'un jour les vagues rouges vous emporteront vers l'île des morts, calciné jusqu'à la moelle.

« C'est pas innocent, ce trip. Y a quelqu'un, quelque part, qui te fauche quelque chose, et tu te demandes si c'est pas ton âme qui fout le camp.

— Ton âme ! Me fais pas rigoler, Jack. Une âme, t'en as jamais eu. Quand je t'ai rencontré chez Hermann, t'étais déjà un putain de rêveur. A vouloir décrocher les nuages. Ah, ça, tu faisais un sacré agent d'assurances ! Pas de cravate, incapable de déchiffrer un contrat, et t'étais le premier à te donner des airs. M'a fallu deux litres de pastis pour te faire craquer. Même qu'on a fini la nuit à parler de bonnes femmes. Comment elle s'appelait déjà, ta môme, à l'époque ?

— Chantal. » Il aurait pu me l'épargner, celle-là. Ce n'était vraiment pas le moment. « Toujours en mauve, comme les lilas dans le salon des vieux. Jamais de lilas blanc.

— Quel âge elle avait ?

— Elle allait sur ses vingt-cinq.

16

— Mouais. En tout cas, t'en voulais. Pour elle, t'aurais poussé des montagnes à la mer.

— Foutue guerre !

— Te raconte pas d'histoires. Quand la bombe l'a fauchée, le vide était là et t'essayais déjà de combler. T'y arriveras pas, Jack, t'es fait comme ça, faut que tu coures. Mais fais gaffe ; à ton âge, on s'essouffle vite.

— Connard ! »

Les plaques de terre craquelée chuintaient sous le Saviem. La piste dentelée qui filait derrière nous mourrait dès que le vent se lèverait. Collée sur le tableau de bord, Marlene Dietrich souriait. La lumière cotonneuse adoucissait le creux des joues, l'ombre sous les sourcils, les mains croisées sur les épaules comme deux ailes d'ange. Il m'avait fallu du courage pour réaliser que, malgré toute ma science des éclairages, le visage de Chantal ne profiterait jamais de ce flou artistique dont Sternberg et Mamoulian avaient auréolé la Dietrich. Dans ces cas-là, quoi qu'on fasse, un ressort finit par claquer et on se retrouve à galoper derrière le train de minuit, celui qui ne s'arrête dans aucune gare, celui que l'aube avale et qu'on entend éterner sous le crâne, les soirs de déprime.

Phil avait vu juste, le vide était apparu dans ma vie bien avant la mort de Chantal, bien avant mes voyages dans les Cercles. Mais ce qu'il ignorait, c'est qu'on ne parlait pas du même vide. Si à la longue je m'étais habitué au premier, le second, autrement redoutable, était en train de me tuer.

La douce lueur des écrans de bord satinait la

peau de Marlene. Morocco, Nuremberg, Shanghai Express, putain de voyage. Les yeux de l'Impératrice rouge rêvaient de Saint-Pétersbourg sous le gibus de soie noire. La flamme du briquet était bien pâle face à ce visage qui attirait la lumière, la courtisait, la domptait pour mieux la renvoyer à la caméra. La fumée dessinait des arabesques moins vaporeuses que le sourire de Lola-Lola. J'étais hypnotisé mais lucide. Sans trop d'imagination, je me voyais finir comme le professeur Unrath, seul dans une salle de classe grise, loin de l'Ange bleu.

Les lumières du Cercle Rouge n'étaient pas encore en vue. Une bonne demi-heure serait nécessaire pour venir à bout du Black. Les souvenirs auraient le temps de me rattraper...

Seul le bourbon pouvait encore quelque chose pour moi. Rien de tel qu'un *John Burns, Pure Malt, Kentucky Straight,* en ces temps de nostalgie. Le goulot cliqueta contre la timbale. Je refusais de regarder cette main de vieillard qui tremblait! La prochaine fois, je boirais directement à la bouteille.

2

« Faudra penser à faire le plein, on… »

Jack Slinger s'était arrêté au milieu de la phrase. Je ralentis, évitai une dépression, relançai le moteur. La tête du searcher dodelinait contre le siège, la nuque soudain molle. Apparemment, c'était reparti pour un tour. La fiasque de bourbon avait roulé sur la moquette de la cabine et une tache sombre s'élargissait lentement à ses pieds.

Le volant me collait aux paumes et la terre du Black défilait, monotone, devant les projecteurs. Il me fallait rapidement trouver une aire assez stable pour supporter le poids du camion, mais les mésaventures de mes débuts m'avaient rendu prudent. Je ne comptais plus les nuits passées à écouter les vieux du *Relais*. Si on leur payait une bière ou deux, les anciens roadrunners ne se faisaient pas prier pour expliquer comment distinguer un sol ferme des innombrables étendues instables qui parsemaient le Black, aussi vicieuses que des sables mouvants. Tout le secret résidait dans la taille des plaques craquelées.

Les freins gémirent et la pression siffla dans la nuit froide. J'immobilisai le Saviem, sautai de la cabine. Les tranchées découpées par les chenillettes bavaient sous la clarté de la lune. Pourvu que le vent se lève! Je détestais laisser une piste aussi visible. Je traînai le corps de Jack hors de l'habitacle, le tirai le long de la remorque. Le sol, véritable plaque sensible, gardait imprimés les sillons flous creusés par ses talons.

Soudain il émit un léger cri et un sursaut agita sa carcasse entre mes bras. La seconde phase de la crise allait débuter. Je me hâtai de déverrouiller les vantaux et, d'un coup de reins, l'envoyai rouler sur la plate-forme de chargement au milieu des cordages, des cartons et des toiles de tente. Je claquai le hayon, assujettis la barre transversale.

Quelle chienne de vie! Trimbaler un dingue vers un bled pourri qui, un jour ou l'autre, se chargerait de me faire comprendre que j'avais dépassé la dose prescrite. Je n'avais pas envisagé la vie sous cet angle quand mon père m'avait légué son bahut. La route, le bitume, le crissement des pneus, voilà ce qui me plaisait. C'était sans compter avec l'antigrav. Cette saloperie avait révolutionné les transports et la crise s'était chargée du reste. Les entreprises avec lesquelles je travaillais alors avaient fermé leurs portes les unes après les autres tandis que les quelques commandes que j'assurais en free-lance s'échelonnaient de manière insupportable. En un rien de temps, je m'étais retrouvé coincé dans l'engrenage des grèves sauvages, toutes, hélas, sans lendemain. Le chômage, la bande de copains qui tournent mal, le coup foireux que l'on guette pour garder la tête hors de l'eau, tel était devenu mon lot.

C'est à cette époque que la combine s'était montée. Personne ne sait vraiment qui a découvert le filon, ni comment ce type s'est débrouillé pour comprendre que seule la voie de surface était praticable... sous certaines conditions. En tout cas, ce devait être un sacré malin, vu le nombre de gars qui s'y étaient cassé les dents avant lui. J'étais vraiment au bout du rouleau quand les premières informations sur les Cercles ont commencé à courir dans le milieu. D'un tempérament plutôt impulsif, j'ai sauté le pas sans trop réfléchir et j'ai tout misé sur le coup. Quitte à emprunter la grosse somme à Hermann pour faire installer des chenillettes sur le châssis du Saviem. Et vogue la galère !

Mon baptême dans le métier de roadrunner m'avait laissé longtemps un goût de cendres dans la bouche. Je le retrouvais aujourd'hui, aussi amer.

Une botte sur le marchepied, je fis le tour du paysage. Me figeai. Un pinceau lumineux se hâtait en ondulant dans notre direction. Le convoi venait de l'est. La poisse ! Il n'était plus question d'utiliser le Hindley de secours. Situé plein ouest, quelque part dans le faisceau 140, il se trouvait juste sur la trajectoire de l'intrus. Ne restait que la solution de mon Hindley personnel, soit une bonne heure de perdue. Pour l'instant, nous ne pouvions plus avancer sans nous faire repérer. Les gars du Syndicat (qui d'autre aurait été assez fou pour rouler à cette allure ?) disposaient de détecteurs dynamiques infrarouges capables de repérer le passage d'un moustique à trois kilomètres de distance.

J'envisageais mal de filer le train à ces pourris, d'autant que, depuis quelques saisons, nous ne savions plus sur quel pied danser. L'affaire avait commencé avec Robert l'Arménien. Robert venait de se planter dans le Black, arbre à cames explosé, lorsqu'un half-track du Syndicat s'était pointé. Il n'en menait pas large, le Robert, il avait même sorti son gros calibre quand ces cons, avec des sourires qui leur remontent aux oreilles, lui proposent de le remorquer jusqu'à la limite du Cercle. Il refuse, bien sûr, on ne traite pas avec l'ennemi. Les choses auraient pu en rester là si, deux mois plus tard, dans le faisceau 78, on n'avait retrouvé l'épave calcinée du Mack d'Altman et Radyah. Les corps avaient disparu mais Enzio soutient que des traces de pneus ballons traînaient à cent mètres du sinistre. Et chacun sait qu'il n'y a que le Syndicat du Gros Tim pour utiliser des pneus ballons dans les Cercles. Nous, on n'a pas les moyens.

En fait, je ne craignais personne. Ni au corps à corps — Colt .45 et Winchester pour le menu fretin —, ni à distance, batterie de lasers plus clavecin de Staline — un formidable éventail de ma composition à base de roquettes sol-sol et de lance-flammes, pour le gros gibier. Evidemment, l'essentiel était de tirer le premier.

La cabine puait le bourbon et le gingembre, le Skaï déchiré bâillait d'ennui. Je glissai le *Fado Lisboeta* d'Amalia Rodriguez dans le lecteur et posai le menton sur le volant. D'innombrables grains de poussière vibraient entre les boucles de la moquette, autour du compteur, sous les cadrans. J'enviais l'assurance de ces particules, leur brillance. Nous n'étions rien à côté, perdus dans notre *saudade*.

Une série de bruits sourds commença à ébranler la paroi derrière les sièges. Comme d'habitude, les premiers échos de l'activité de Jack me réchauffaient le cœur. J'ignorais totalement ce qu'il fabriquait pendant sa transe. J'aurais certes pu m'informer si, avant de me nommer son road-runner attitré, il ne m'avait précisé :

«A chaque trip, les Cercles me bouffent un peu plus. Je préfère t'avertir, je déconnecte. Ça me prend n'importe quand, mais toujours avant le Red. Je ne demande qu'une chose lorsque ça vient, qu'on me tire dans un coin et qu'on foute le camp.»

D'un naturel peu curieux, je m'étais conformé sans trop de mal à sa requête. Jamais je n'avais relevé de dégâts dans la remorque après son passage. Au contraire, un spectacle extraordinaire m'attendait chaque fois, que je ne comprenais guère, mais qui atteignait des sommets dans le bizarre. Un peu à la manière de son pote Geronimo. Au fil de l'inspiration, les toiles d'emballage que j'avais entassées dans la remorque devenaient des voiles gonflées par des alizés fantômes, les câbles, des échelles pour grimper au paradis. Quant aux cartons, Jack les métamorphosait aussi bien en citadelles d'argile qu'en cerfs-volants chinois piquetés de rubans.

Ce petit homme insignifiant, toujours indécis,

avait le pouvoir de transmuter la matière. Parfois, dans l'espoir d'obtenir un début d'explication, je lui racontais les visions que son délire suscitait en moi, mais il se contentait de m'écouter en riant doucement, d'un rire jauni par la nicotine.

Jack Slinger n'était pas beau avec ses traits de boucher découpés à l'emporte-pièce dans une peau grasse. Des cheveux bouclés souvent négligés, de grands yeux de cheval de labour derrière des culs de bouteille. Seule, la bouche épaisse et bien dessinée avait de quoi plaire aux femmes. C'était un homme gris, le crâne bourré de paille. Mais quand il émergeait de la pénombre de ma remorque, il avait perdu cette couche terne qui l'étouffait. Noir ou blanc, je n'aurais su dire ce qu'il était devenu. En tout cas, il rayonnait d'une paix angélique, ce genre de sérénité dont les sculpteurs médiévaux ont gratifié le visage des apôtres.

Hélas, la lassitude ne tardait jamais à peser sur ces vestiges de sainteté et la lumière mourait en lui, peu à peu gommée par la grisaille. C'était hallucinant de le voir s'éteindre comme une lampe à variateur. Ça me faisait mal au cœur pour lui.

Au loin, le halo des phares se brouillait. Je jetai un coup d'œil à ma montre. Trois quarts d'heure d'arrêt. Je commençais à m'inquiéter lorsque j'entendis Jack cogner au vantail. Quatre coups réguliers, le signal. Il venait de regagner le monde des vivants. Je me précipitai pour le libérer. Sa silhouette vacillante me tomba dans les bras. Un rai de lumière fendait l'obscurité de la remorque.

Par-dessus ses épaules, je devinai une ziggourat prête à s'envoler, une poignée de rêves cloués à une croix, un cri suspendu à des filins. Je ne savais plus si je devais profiter du spectacle ou saisir les derniers soubresauts de bonheur qui s'apaisaient sur le visage du petit homme fatigué.

Il se tenait la main et ses doigts étaient rouges. «Tu t'es blessé?

— Tu sais, le plus dur, c'est le vide. L'impression qu'on a été et qu'on n'est plus. Passe-moi la gourde, s'il te plaît. On est en retard?»

Il tremblait à présent.

«C'est pas critique. Fais-moi le plaisir de soigner cette saloperie et refais-toi une santé. J'en ai pour une minute, le temps de ranger le bordel que t'as foutu.»

Il s'éloigna le long des chenillettes, la bouteille de *John Burns* à la main, sans être dupe un seul instant.

Je pénétrai dans la cité de carton, le souffle court, comme si le moindre faux pas pouvait en dissiper la magie. C'était le cas. Je ne comprenais pas le quart de ce que je voyais mais mon imagination travaillait à plein régime. Des sculptures d'une densité étouffante jonchaient le plateau couvert de sciure. Les bâches dessinaient des condors suspendus au-dessus de pyramides au relief digéré par des lianes. Des taches de sang, semées à la volée, évoquaient des sacrifices barbares. Il se dégageait de l'ensemble une inexorabilité qui rappelait l'équilibre impitoyable de l'art précolombien.

Dans un coin, un chiffon froissé, baigné de sang, figurait un fœtus à la tête tranchée, écartelé sur un carton, à première vue un temple miniature dédié à des dieux d'une cruauté rare. Je retins à grand-peine une vague de nausée, finalement m'acharnai à grands coups de pied sur le carton, puis sur le reste du décor. J'étais en nage, je souffrais comme si je lacérais une toile de Murillo mais j'avais besoin de me défouler avant de me retrouver face à l'auteur de ces atrocités.

J'avais toujours détruit le théâtre de ses fantasmes, ces mises en scène macabres qui me révoltaient. Les œuvres de Jack portaient, profondément gravée derrière l'horreur de notre condition humaine, la malédiction de l'éphémère.

Il était affalé de biais contre la portière, les traits tirés. J'évitai de parler de sa crise et lui annonçai le passage de la caravane du Syndicat. J'ajoutai pour tester son humeur :

« Qu'est-ce qu'on fait ? On retourne ? J'aime pas trop les vibrations, ce soir.

— Tu me fatigues avec tes intuitions à la noix. Maintenant que la crise est passée, on continue.

— C'est toi, le patron. »

Malgré la satisfaction que j'éprouvais de le savoir d'attaque, j'évitai de débrayer trop vite, de peur d'ensabler les chenilles. Depuis peu, l'harmonie du tandem se désagrégeait. La maigreur des butins contribuait pour une large part à la déstabilisation de nos relations. Nous avions besoin d'un gros coup. Et vite.

Les dettes s'accumulaient et du fond de nos impasses, nous poussions comme des bêtes pour regagner la voie royale. Cette fois, il faudrait que Jack déniche une vraie diva, un nouveau Kandinsky pour le moins, s'il voulait revenir au top niveau.

Je voulais bien croire que l'étincelle de génie qui avait établi sa réputation brillait encore derrière le masque gris, mais c'était le dernier voyage que je lui accordais. Je ne pouvais plus me permettre le moindre écart, la moindre perte de temps. Si aujourd'hui il me trouvait une nouvelle excuse, je le lâcherais pour un jeune fou sans état d'âme qui foncerait bille en tête dans la fournaise. Promis, juré.

«Ecoute, Philippe.» Il utilisait rarement mon prénom sous cette forme. «Ça fait combien de temps qu'on roule notre bosse, tous les deux?

— Noël prochain, ça fera trois ans.

— Un putain de bail! On a vraiment volé haut, tu sais. Si haut que j'en avais le vertige.

— Mouais, aujourd'hui, c'est plus pareil. Tu ferais mieux de remballer.

— J'ai le choix, j'veux dire. Le manège s'est arrêté. Ou je m'efface, ou je me paie un autre tour.»

Même si je n'étais pas atteint, je voyais très bien le manège infernal dont Jack parlait. Pour payer, c'est presque trop facile. Il suffit d'échanger un peu de raison contre quelques grains de folie. Petite visite de courtoisie dans les Cercles, vache à lait, repos mérité. Dix fois, vingt fois. Pourquoi se gêner, la loterie gagne à tous les coups, le pognon se ramasse à la pelle. Vous en reprendrez bien un tour? Avec plaisir! Et le jour vient où ces grains se mettent à rouler sous le crâne comme des canons sans brague dans la cale d'un vaisseau. Boum, boum! A se demander si le jeu en vaut la chandelle. Boum, boum! La cervelle en charpie. On tient un mois, deux quand on se prétend costaud du bulbe, on vit sur les réserves, on vit petit, pour finalement toujours repartir en se disant que c'est la dernière fois.

« Où veux-tu en venir ?

— Nous sommes des condors, Phil. Pas des moineaux. »

Le mot condor me dérangea. Depuis quelque temps, d'inquiétants courts-circuits se déclaraient entre nos neurones. Je songeai aux ailes de toile se déchirant sous ma botte dans la remorque et j'eus tout à coup très peur de la forme grise tassée dans mon camion, de ce Jack Slinger qui n'avait plus rien d'un homme.

« J'en ai ma claque du *Copacabana*. De ces retraités qui rangent leur serviette dans des tiroirs de morgue. J'en ai marre de la violette et de la naphtaline sous les draps. Je veux revenir en haut, près des étoiles, jouer à la canasta, me payer un mannequin dans un bain de champagne.

— C'est cool, tout ça, mais tu décides quoi, en fin de compte ? Emma peut plus attendre.

— Elle va s'en tirer ?

— Les enfoirés lui donnent quatre mois au maximum si on commence pas le traitement tout de suite. Avec les traites de l'Espagnol, c'est certain, j'y arriverai pas. Tu m'emmerdes, Jack. » Je ne me contenais plus. D'une main, je l'avais saisi à la gorge et le secouais comme un palmier nain. Ma voix ne trahissait aucune rancune, elle restait suppliante. « Faut que t'assures, Jack, sinon je sais pas...

— Bon Dieu, lâche-moi. On est à bout de nerfs, faut qu'on cause.

— Excuse. » J'avais envie de lui chialer au nez. « Tu l'as pas entendue quand je rentre à la baraque ! Elle arrête pas. Ouh, ouh, comme un clebs. J'te jure, je me trancherais les mains pour pas les ramener vides. Ses yeux, on dirait des foies de poulet. » Dans ces moments-là, je prenais le chien et je sortais pour marcher, pour oublier l'odeur de mort qui hantait la chambre d'Emma. Et je pensais au fric qui dormait là-bas, à la portée du petit malin qui aurait assez de tripes pour aller le chercher. « On est devenus des fonctionnaires, Jack. Fini, les héros ! Le chemin est balisé. Eviter le réservoir rouillé à droite, la chicane au kilomètre trois, attention, là, les marches sont branlantes. La visite guidée, quoi ! Pour un peu, on tendrait la main.

— Ça va, ça va, arrête de me casser la tête. Tu veux que j'y aille ?

— Ouais, aujourd'hui et pas demain.

— Cette nuit ?... Pourquoi pas, après tout. Comme au bon vieux temps. »

Il riait jaune. Je lui arrachai la bouteille de bourbon.

« T'auras besoin de tous tes réflexes. Je tiens à te voir revenir.

— Merci, Phil.

— Oh, c'est pas pour ta sale gueule, mais pour le pognon. Si t'y restes, Emma est foutue.

— Au moins, on sait où on va, avec toi. »

Le Cercle Rouge dessinait des auréoles sur

29

le pare-brise maculé de graisse et d'humidité. Chaque fois que les lumières montaient à l'horizon, je me sentais petit, petit, petit. Le cylindre glauque qui dissimulait le Red, pour nous, road-runners, le terrain situé au-delà du Cercle, partait à l'assaut du ciel dans lequel il se fondait, faute de luminosité propre. A l'intérieur, tournoyaient des formes opaques et sanguines, d'énormes molécules de la taille d'un immeuble. J'avais beau connaître le secret du rideau rouge, j'éprouvais une angoisse aussi violente qu'à mon premier passage. Rien ne laissait supposer que derrière le voile de sang m'attendait le même monde.

Les traits de Jack s'étaient tendus comme des cordes d'arbalète. Le changement était radical. Plus une trace de cette mollesse déconcertante qui affecte le faciès des alcooliques n'était visible. Mon searcher commençait à maîtriser jusqu'au tremblement de ses mains et ses gestes acquéraient la sobre efficacité du tueur. Le Jack Slinger des grandes occasions était en train de ranger au placard le mannequin étiqueté Jacques Colin, agent d'assurances au chômage.

J'étais ravi et inquiet à la fois.

3

Jack avait lancé le système automatique de repérage sur l'itinéraire principal. Il fallait attendre. La procédure utilisée pour déjouer la garde de métal était longue et complexe. L'inaction, le silence qui s'éternisait entre Jack et moi accentuaient l'effet de la fatigue et je la sentais peser sur mes épaules comme une dalle en marbre avec mon nom écrit dessus.

Cent mètres devant le Saviem, les patrouilles tournaient sans trêve au pied du rideau. Les robots ovoïdes évoluaient avec la grâce de libellules. Quand ils se stabilisaient brutalement, suspendus dans le vide par les fils invisibles de l'antigrav, le temps semblait s'arrêter. Parfaites machines à tuer, il fallait les provoquer en franchissant un certain périmètre pour devenir la cible de leurs lasers. La couronne de gueules parfaitement intégrée à l'orbe, sous le trapèze des gyrophares, témoignait de leur fabuleuse puissance de tir.

A la base du Cercle Rouge, une ceinture de projecteurs dessinait un ruban d'argent presque rectiligne, tant la superficie du Red était importante. Coincés dans ce couloir de lumière, les gardes, par patrouilles de cinq, arrachaient des cascades d'éclairs aux halos des projecteurs. Le choc entre ces éclats métalliques et les formes organiques des amibes géantes qui hantaient le rideau pourpre était particulièrement impressionnant. Il se prolongeait en myriades d'étincelles dont les spasmes rubis s'enfonçaient vers l'axe du cylindre ainsi que des bulles de sang électriques. Je détournai le regard, autant pour éviter la fréquence hypnotique de ces manifestations que pour écarter le mélange subtil d'appréhension et de ressentiment qui me tenaillait.

Voyez-moi ça, la mite vient se brûler les ailes aux néons ! Fascination, parfum de mort, tous les clichés étaient au rendez-vous. Pourtant, je me tenais là comme les autres nuits, à l'orée du Red, plein d'espoir et de morgue.

Jack s'anima.

« Démarre et prends au sud. Le processeur a détecté tes balises. On a décalé légèrement. »

J'examinai le diagramme qu'il me montrait, chaussai les lunettes spéciales et démarrai. On se trouvait en fait à huit cents mètres du passage. La lumière du Cercle était si violente que je faillis écraser les deux serpents mauves que j'avais enterrés à la limite de la Périf, il y avait de cela cinq bonnes années, du temps où je cherchais des points d'entrée pour me faire un nom dans le milieu. Sans les lunettes, ils étaient invisibles. Par acquit de conscience, je vérifiai grossièrement l'écart entre mes Hindleys. Dix mètres. Le compte était bon.

«Pile dessus. C'est ton tour, Jack. Et cette fois, te goure pas! On joue notre tête sur ce coup.

— Si t'as les foies, t'auras qu'à vérifier.»

Jack sauta de la cabine, le simulateur en bandoulière. Après un rapide tour d'horizon, je le rejoignis à genoux sur le sol dur. Nos ombres démesurées et multiples s'agitaient sur le sable telles des âmes damnées cherchant un corps à hanter. L'énergie du Cercle faisait vibrer la nuit jusque dans nos os. Tandis que les doigts de Jack couraient sur le clavier, je me remémorais les temps héroïques du passage.

A mes débuts, on utilisait encore les chiens. De pauvres bêtes condamnées à brève échéance.

Les aventuriers s'étaient vite heurtés à la barrière. Je reconnais à ces hommes un certain cran, car il en fallait pour affronter le Black malgré les panneaux frappés du drapeau national qui, cinquante kilomètres plus tôt, avertissaient qu'on pénétrait en zone Z. Pas de barbelés ni de miradors. Les autorités avaient tablé sur la Grande Peur qui s'était déclarée au lendemain des bombardements, d'autant que le survol régulier des zones par les extraterrestres avait entretenu la phobie universelle.

C'était sans compter avec ces individus aussi inconscients qu'avides qui profitent des heures troubles de l'Histoire pour faire fortune. On les rencontre dans la Rome incendiée de Néron, dans Athènes saccagée par les Perses, dans le Berlin rasé du IIIe Reich. Les pillards, les barbares, ne sont d'aucune époque, d'aucune race, chaque société génère les siens.

Comme des charognards, ils ont tourné pendant des semaines devant le Cercle Rouge, analysant le manège des robots, la danse des amibes, élaborant des stratégies. Puis l'un d'eux, pour lequel la vie avait moins de valeur, a tenté de se glisser entre deux escouades. Son corps grillé a dû en décourager plus d'un. La plupart sont restés. Pas de problème, ils allaient se montrer plus malins. Beaucoup ont encore péri sous les lasers, persuadés jusqu'au dernier moment de détenir la solution. Enfin, à la suite de calculs rigoureux, ou plus probablement par hasard, un homme a franchi le barrage. Si l'empirisme est une méthode barbare, il n'en constitue pas moins l'un des moteurs fondamentaux du progrès.

Au *Relais*, nous avons essayé de reconstituer le premier passage. Ils étaient deux à tenter le coup. La mort de l'un a permis la réussite de l'autre, suivant le principe classique de la diversion. Ils se sont présentés au même moment en deux points très proches, judicieusement choisis sur le Cercle, nommés plus tard entrées de Hindley, puis Hindleys tout court, en l'honneur de la victime. Le système de détection des robots, que l'on soupçonnait centralisé, et donc incapable de fonctionner en parallèle, du moins en ces endroits précis, a eu la défaillance prévue et les gardes ont laissé échapper l'un des kamikazes. Ça s'est produit à Zagreb, à Londres, à Kiev, peut-être même ici. Peu importe, une brèche venait de s'ouvrir. La martingale puait la mort, mais elle avait le mérite d'exister. Il ne restait plus qu'à l'améliorer, vu le nombre réduit de candidats au suicide.

On décida dans un premier temps de remplacer la future victime par un simple bâton. Le malheureux qui s'élança au moment où on jetait le bout de bois retomba en cendres. On raffina le procédé en utilisant un mannequin. Le mannequin arriva de l'autre côté sans une éraflure. Un futé prétendit alors que la vie devait animer les deux challengers. Un rat malchanceux passait par là. En fait, si le rat manquait bien de chance puisqu'il subit le même sort que son tortionnaire, le futé n'était pas si futé que ça. Au bout de quelques sacrifices, on découvrit le substitut. Tout n'était, dans une certaine mesure, qu'une question de volume et de poids !

Du jour où les chiens firent leur apparition sur le devant de la scène, plus aucun homme, à quelques maladresses près, ne mourut sur la frontière rouge. Mais à chaque traversée, un chien tombait.

Les voyages d'antan véhiculaient une mystique des plus morbides. Ils représentaient une sorte d'itinéraire initiatique pour les participants. Le passeur choisissait son chien. Il l'hébergeait pendant des semaines, le nourrissait, le couchait dans son lit. Il se créait les plus étranges relations entre l'homme et le chien. Le premier, très superstitieux, voyait dans la bête la face noire de son être, son image dans le monde animal qu'il devait incinérer afin d'obtenir un passeport pour le paradis. Il fallait une certaine foi pour sacrifier ce compagnon que l'on bourrait de sucreries, avec lequel on jouait des heures durant. Pour ma part, je n'ai jamais cru un seul instant que les trésors ramenés du Red pesaient plus lourd dans la balance que la vie d'un corniaud jeté en pâture au démon de la technologie. On m'a soutenu que le nombre de victimes sacrifiées pour le passage de la ligne était ridicule comparé à celui des animaux martyrisés dans les laboratoires lors de l'expérimentation des radiations Z. Peut-être, mais je n'y ai pas été mêlé. En revanche, je participai au massacre des chiens. J'y apportai mon concours avec la même désinvolture que le chauffeur nazi convoyant les déportés à Dachau. Où commence la responsabilité ? Où finit-elle ? Ce sont des questions trop lourdes pour le commun des mortels. En tout cas, si l'on m'accusait, je plaiderais coupable.

Heureusement, le jour arriva où les chiens purent de nouveau pisser tranquilles dans les terrains vagues. Ce jour-là, les bandes de searchers du monde entier étaient trop occupées à fêter l'avènement des simulateurs de réalité virtuelle pour partir en chasse. Ces micro-ordinateurs de poche travaillaient sur le principe amélioré des générateurs de fantômes destinés à égarer les radars au temps des Awaks. En dupliquant l'image du véritable appareil, on constituait une escadrille d'avions factices sur lesquels les radars les plus sophistiqués perdaient leur latin. De sorte que, à moins d'un coup heureux, les missiles d'interception explosaient dans le vide sur une fausse cible. Les modèles mis en vente allaient beaucoup plus loin, maniant une quantité incroyable de paramètres, en particulier masse et albédo, et nous, au *Relais d'Hermann*, étions persuadés qu'ils allaient nous rendre de fiers services. Ce à quoi ils s'attelèrent, après une période difficile de tâtonnements qui nous coûta une dizaine de compagnons.

Nous avions une confiance extrême dans le matériel, Jack et moi, car, il faut le reconnaître, les composants développés dans les laboratoires militaires demeurent les plus fiables. C'est, je pense, l'un des rares inconvénients de l'éradication des cadres de l'armée après la guerre. Sinon, je n'ai encore jamais entendu quelqu'un se plaindre de leur mystérieuse disparition.

Le half-track fantôme venait de surgir du néant, écrasé par les spots de la Périf. Je le guidai vers le nord, empruntant avec adresse les sillons que nous avions laissés dans la croûte friable. Nous le suivîmes jusqu'à ce qu'il s'immobilise face au Cercle, sur le premier serpent mauve indiquant la position exacte du Hindley supérieur. Il ne nous restait plus qu'à nous placer à la hauteur du second.

Nous regagnions la cabine du Saviem lorsque Jack se mit à traînasser comme si une force invisible le retenait. Habitué à ses lubies, je lui secouai l'épaule un peu rudement.

« C'est pas le moment de s'endormir.

— Tu sens pas une odeur de brûlé ? »

Je reniflai, secouai la tête en signe d'impatience.

« Comme de la chair grillée ! insista-t-il.

— Non, vraiment.

— Attends, Philippe. Je l'invente pas, cette odeur, elle est là. » Il se tapotait le crâne. « Faut me croire. Depuis que je fréquente la zone dure, mon cerveau s'est ouvert à ce genre de prémonitions. »

C'était son premier aveu en ce sens. Jamais il n'avait voulu reconnaître que les Cercles le changeaient en profondeur. Je le dévisageai à la lumière diffuse du tableau de bord, avec une acuité nouvelle, espérant déceler sur ses traits dont je n'ignorais aucun relief les signes avant-coureurs d'une profonde mutation. Je fus déçu. J'avais mieux perçu la subtilité de sa mue lorsqu'il anticipait les questions qui me brûlaient les lèvres. Une ombre vague paraissait alors glisser sur sa peau, une ombre étrangère qui glaçait la sueur à mes tempes. Pourquoi cette inquiétude? Etait-ce l'unique sentiment que peut éprouver l'homme face à l'inconnu? Et la répugnance, la terreur, la haine? Je ne me faisais pas d'illusions. Ces émotions ne tarderaient pas à renaître le jour où l'*Homo sapiens* s'apercevrait que sa branche s'étiolait, que le nouveau bourgeon représentait l'avenir de la race.

Je ne sus si je devais envier ou plaindre Jack. En tout cas, je fus certain que je devais respecter son intuition.

« Qu'est-ce que tu proposes?

— Duplique le simulacre et on tente le coup avec deux camions-images. Ça ne sera pas long. »

J'appuyai sur le bouton une seconde fois, ébloui par la facilité et la rapidité avec lesquelles la boîte magique venait de réagir. J'imaginais une formidable armada de machines de guerre fantômes lancées à la conquête du monde, toutes issues du ventre du même simulateur diabolique. Je positionnai les roues du nouveau modèle à l'endroit exact où nous aurions pris place, puis tendis le boîtier à Jack. Après tout, c'était son idée. Avec un sourire mitigé, il lança les deux structures de vide à l'assaut du barrage.

Une fraction de seconde et deux gerbes éblouissantes jaillirent dans les couloirs empruntés par les camions-tests. Les lasers de la patrouille revenue en catastrophe s'épuisaient sur les carcasses factices. C'était effrayant, je me voyais flamber distinctement, ma silhouette tressautant en silence dans les éclairs de chaleur. Je dus laisser mes mains courir sur mon torse pour m'assurer que seul mon double se consumait dans ces lueurs d'enfer. Sans pudeur, je tombai à genoux et, sanglotant, adressai une prière improvisée au Créateur.

Jack, debout, s'aveuglait sur les cataractes d'étincelles qui accompagnaient l'avance des camions. Il avait l'air d'un prophète. Quand la fournaise s'éteignit, les Saviem avaient disparu. Ils progressaient à présent dans le Red, au-delà du rideau rouge. Il se pencha vers moi, la voix rauque.

«Je suis trop vieux pour ce boulot de merde. Ce sera la dernière fois, Phil. J'ai plus le cœur assez solide pour jongler sur un fil.»

D'un geste hargneux, je repoussai son bras pour lui jeter à la figure :

«Comment t'as su, mon salaud? Tu joues au sorcier, maintenant?» Devant son air de chien battu, je baissai le ton, honteux d'avoir cédé à la panique. Foutue manière de le remercier. «Laisse tomber, je suis désolé. C'est vraiment dégueulasse de ma part... Qu'est-ce que tu crois? Qu'ils sont redescendus pour modifier la programmation des gardes?

— On va vérifier les paramètres. S'ils sont corrects, on rentre au bercail. Mais à mon avis, les patrouilles n'ont pas changé, Jory et Berina sont passés la semaine dernière sans problème. Si la combine n'était plus valable, Hermann nous aurait avertis. »

Jack se tut. Un gémissement venait de naître au ras de la terre sèche. Dieu soit loué! Le vent se levait sur le no man's land et des flots de poussière atténuaient déjà la violence des éclairages de la Périf. Une vague de froid roula jusqu'à nous, annonçant l'hiver. J'enviais l'insouciance des saisons. Elles quittaient la ronde sans heurt, sans passion, assurées de ressusciter l'année suivante. Aucune certitude de ce genre ne soulage la crainte de l'homme devant la mort, si ce n'est la foi en Jésus-Christ, Notre-Seigneur. Je dois avouer que, lorsque Emma est tombée malade, j'ai perdu les pédales, taraudé par le doute. Je me suis mis à jurer, à traiter Dieu d'innocent, d'impuissant, à fréquenter les bistrots au lieu des églises. Ça n'a pas duré. J'étais si malheureux que je suis revenu à la religion à bride abattue. Depuis lors, je ne me pose plus de questions. Je prie. Et je suis ravi d'avoir retrouvé l'harmonie des dimanches matin de mon enfance, les chants grégoriens, le tintement des clochettes et le parfum de la cire et de l'encens.

«Tes balises ne pointent pas sur un Hindley.» Jack criait presque. «Nous sommes décalés d'au moins quinze mètres.

— Tu te fous de moi! C'est *mon* passage. Nos petits gars doivent l'avoir emprunté au moins des dizaines de fois.

— Lis toi-même; les instruments sont formels. »

Effectivement, l'angle entre les simulacres n'atteignait pas le zéro point zéro trois radians de Claustres. Ma compétence professionnelle était en jeu. Jack me payait non seulement pour le transport jusqu'au Red, mais aussi pour le secret du Hindley. Il n'existe que quatre-vingt-dix Hindleys sur le Cercle Rouge, quatre-vingt-dix entrées sûres où l'on peut déjouer la vigilance des gardiens. La distribution de ces passages n'obéit à aucune loi. Chaque roadrunner consacre plusieurs mois de sa carrière à découvrir, acheter ou voler un Hindley. Les coordonnées de ce point sont au cœur de l'accord tacite qui lie le roadrunner au searcher.

Je me précipitai vers les balises mauves qui palpitaient dans la poussière. J'écartai la première d'un coup de botte et entrepris de creuser le sol à la verticale. Mes doigts étaient en sang quand j'arrêtai. Aucune trace du cube de plomb que j'avais enterré sous la balise. J'étais fou de rage. Mes ongles sautèrent au moment d'attaquer la terre sous la seconde. Sans plus de résultat. Quelqu'un avait déplacé mes balises. Le piège était machiavélique. Combien de fois Jack et moi étions-nous passés sans prendre les précautions extraordinaires de cette nuit !

« Les salauds, ils ont trafiqué le passage.

— Tu veux la distance exacte qui nous sépare du vrai Hindley ?

— Pas la peine, grommelai-je, les dents serrées pour oublier la douleur qui m'écorchait les mains. J'ai ma méthode. »

Je décrochai le détecteur de métal. Le bourdonnement grave de la Périf couvrait le cliquetis de l'appareil. Je dus chausser le casque. J'avais déjà exploré une vingtaine de mètres, la plaque métallique à bout de bras, et j'étais près de me décourager quand le signal du détecteur commença à accélérer.

Les cubes de plomb étaient enterrés juste sous mes pieds. Je dessinai une croix dans le sable et appelai Jack.

« C'est là. Les enfoirés les ont pas trouvés.

— Va te soigner. Laisse-moi le détecteur et les lunettes, je vais vérifier et remettre les balises à leur place. »

Les traits tirés par la douleur qui se propageait jusque sous mes aisselles, je revins à la cabine. Je versai de l'alcool au fond d'un vieil enjoliveur et y plongeai les doigts. Je dus me cogner le front contre la colonne de direction pour ne pas m'évanouir. Mes mouvements imprécis compliquaient la pose des bandages, mais enfin j'enfilai des gants de mouton par-dessus et respirai un grand coup.

Quand Jack ouvrit la portière, j'étais installé, aussi droit qu'un chêne, les gants posés sur le volant. Sans un mot, il rangea le matériel et s'assit. J'acceptai avec réticence le bourbon qu'il m'offrait. Quand je sentis mon estomac se tordre, je lui rendis la bouteille et dis :

« Ramène les simulacres et détruis le dernier.

— Tu veux pas refaire un essai ? »

Sa voix vibrait imperceptiblement.

« Non. C'est maintenant ou jamais. Repasse-moi les lunettes.

42

— Les balises sont alignées, on est okay.»

A son signal, je ne fus plus qu'un pied sur l'accélérateur, deux douleurs sur un volant, une paire d'yeux devant cadrer un serpent mauve. Puis la lumière de la Périf, blanche, blanche au point de virer au noir, inonda la cabine. Je tournai la tête vers la droite. La patrouille arrivait sur nous, lancée à pleine vitesse. Au dernier moment, alors que je m'attendais à voir les rayons jaillir de leur collerette, les gardes firent volte-face pour transpercer le simulacre nord. Comme d'habitude, l'œuf le plus proche avait hésité, à croire que sa conscience électronique flairait la combine.

La première défense était enfoncée, nous avancions impunément, notre image crépitant sous l'assaut des lasers. Restait le cylindre.

La lumière s'éteignit brusquement lorsque nous parvînmes à son niveau. Revint, rouge translucide, traversée de voiles pourprés et d'ectoplasmes poignardés. Nous voguions dans une mer de sang impur, infimes globules observés au microscope par des paramécies aussi vastes que des cités. Nous avions oublié le camion, les roues qui grignotaient les kilomètres, nous flottions et le liquide sirupeux nous engluait peu à peu.

Nous commencions à suffoquer lorsque le rideau rouge s'ouvrit à son tour.

Il faisait nuit de l'autre côté, il faisait frais, et les étoiles riaient, tout là-haut. Nous roulions sans rien dire, trop heureux d'avoir réussi une fois encore.

Le Red filait sous les roues du Saviem, chargé de légendes et de souvenirs moroses. A partir de maintenant, nous encaissions une dose infime de radiations Z. Plus tôt nous prendrions le chemin du retour, mieux cela vaudrait.

Je ralentis. J'avais les genoux qui jouaient des castagnettes, les pieds qui battaient la mesure sur les pédales. Ce n'était pas le moment de flancher. J'étais partagé entre la crainte rétrospective du passage et la vision des rayonnements diffusés à travers ma carcasse par la terre empoisonnée. Je savais pourtant que le camion, blindé et doublé de plomb, me protégeait. Tant que je resterais à l'intérieur, les risques seraient limités. Limités mais jamais nuls.

Mon boulot était terminé pour l'instant. J'avais non sans mal exécuté la première partie du contrat.

4

Les œufs d'acier murmuraient des menaces dans notre dos en tournant tels des molosses sous la lune. La toile écarlate du Cercle nous dissimulait le no man's land que nous venions de quitter. Comme Alice, nous avions traversé le miroir.

Une route naissait à quelques mètres devant nous. D'asphalte et de pavés mêlés. Le vent perd toujours un peu de sa force dans le Red. Pourtant, des tourbillons gris se formaient sans cesse sur les irrégularités du bitume. Au loin, s'entassaient des silhouettes bancales d'immeubles sur lesquelles jouaient les reflets mourants des lueurs de la Périf. La ville de Toulouse s'étalait dans la nuit, de part et d'autre de l'axe de pénétration. La proche banlieue lui dessinait une couronne mortuaire, sombre et inquiétante, même si en son cœur palpitaient des lueurs de néon, signaux abscons d'un discours funéraire hors du commun.

Jack vérifiait son attirail. Depuis que j'avais coupé le moteur, ni lui ni moi n'avions osé reprendre la parole. Je m'aperçus que, malgré les missions partagées, malgré les dangers affrontés coude à coude, j'ignorais tout de cet homme nonchalant. Jack représentait à mes yeux un conglomérat d'humeurs, d'expressions, de tics, de faiblesses qui constituaient à peine une facette de la gigantesque mosaïque nommée Jacques Colin. Tandis qu'il démontait son Mauser avec des gestes précis de mercenaire, je me demandais quelles foutues pulsions avaient bien pu transformer le minable agent d'assurances en un aventurier usé avant l'âge, en ce bâtard mi-homme mi-démon.

L'épisode des balises avait balayé mes derniers doutes. Jack l'avouait lui-même, le Red l'avait transformé. Je n'osais employer le mot «mutant». L'image proposée par la littérature allume dans notre subconscient tellement d'images négatives. Pour beaucoup, le mutant est le sorcier des temps modernes et les bûchers sont prêts à refleurir à la demande d'inquisiteurs bénévoles. Les rares auteurs désireux d'en offrir un cliché plus rassurant ont commis la maladresse de le présenter comme l'avenir de l'homme : l'être humain ne tendra jamais son sceptre à son successeur, sinon pour lui fendre le crâne.

J'étais sensible à ces préjugés car, bien que Jack fût mon ami et que j'eusse assisté en direct au lent processus de sa transformation, l'harmonie subtile qui nous unissait s'était peu à peu désaccordée.

«Ne m'attends pas trop tôt, aujourd'hui.

— Si on mettait nos montres à l'heure, d'abord ?

— Okay ! Au top, il sera deux heures, quatorze minutes… Top.

— Combien veux-tu que j'te laisse ?

— Trois heures pile. Après, tu te tires. Tu sais comment manœuvrer le simulateur ? J'ai laissé le simulacre en place. Pas de problème ?

— Trente minutes pour charger les prises dans la remorque, c'est jouable. Si t'as des ennuis, n'hésite pas à appeler. C'est moi qui détiens la grosse puissance de tir. On joue pas au héros avec un pistolet à bouchon.

— C'est pas de ce côté-là que je crains le plus. »

A ce moment, ses yeux me transpercèrent avec tant d'hostilité que, sans comprendre, je me retrouvai collé contre la portière. La poignée m'enfonçait douloureusement les côtes. Quel sale tour me jouait-il avec ses insinuations ? Me rendait-il responsable du déplacement des balises ?

« N'aie crainte, je penserai à Emma, là-bas, au milieu des monstres. »

Je détestais que Jack les qualifie de monstres. Ne devinait-il pas l'affinité qui commençait à le lier aux autres ? Sans compter qu'ils constituaient son unique gagne-pain et qu'on ne méprise pas ainsi son gagne-pain. C'était comme si j'avais craché sur mon camion.

« Je compte sur toi, Jack, répliquai-je d'une voix de tête que je maudis aussitôt. Rappelle-toi, c'est la dernière fois. Mets le paquet.

— Si ça te dérange pas, prie pour moi. J'en aurai besoin. Je déteste ces bondieuseries, mais sait-on jamais ? Un chrétien ne peut pas être entièrement mauvais… »

Il termina sa phrase dans un murmure. Son regard reflétait la douleur teintée de pitié du Christ sur la croix, au moment où celui-ci implore la miséricorde de Notre-Seigneur pour les pauvres pécheurs que nous sommes : «Pardonne-leur, Père, car ils ne savent pas ce qu'ils font.» Cette expression me frappa plus que de raison car je le tenais pour un profond agnostique. Je revins à des détails terre à terre pour cacher ma confusion, comme si j'avais voulu gommer du personnage cette dimension charismatique nouvelle.

«Vérifie le niveau d'essence de la moto. T'as le bidon, derrière.

— Sûr! Tu laisseras le talkie en circuit ouvert, on reste en contact permanent.»

Avant de quitter la cabine, il me serra dans ses bras. Inexplicablement, je me sentis l'âme d'un Judas. J'entendis un instant plus tard les vantaux arrière grincer et la rampe glisser dans son logement. Pour le dernier voyage, j'aurais pu faire un effort, l'aider à préparer la moto. Je ne bougeai pas, déjà malade à l'idée que les radiations s'infiltraient plus facilement depuis qu'il avait ouvert les portes. Mon angoisse était, je le savais, ridicule; l'Espagnol avait installé des plaques de plomb tout autour de la cabine. Mais le malaise rôdait, et je ne pouvais pas me débarrasser de cette impression de menace sous-jacente. Pour rien au monde, je n'aurais voulu hériter des superpouvoirs de Jack, encore moins de ses crises de folie esthétique.

Le grondement de la Matsushiba couvrait sans peine les vibrations de la Périf. Dans mes reins fatigués, je sentis le poids de la moto soulager la plate-forme. La machine se stabilisa à la hauteur du capot du Saviem avec l'élégance d'un requin. Jack leva la main, je lui répondis. Sous le casque teinté au mercure, son visage disparaissait derrière une explosion d'astres en fusion. On aurait dit un bocal de sang peuplé de méduses branchées sur le deux cent vingt. Tel que je le connaissais, mon searcher devait réprimer un sourire désabusé. J'amorçai une grimace d'encouragement et levai le pouce.

Il démarra comme un dingue, machine cabrée. J'enclenchai le chronomètre. En peu de temps, l'auréole de son phare disparut au bout de la route. Jack était pressé, ce soir.

« Ici Mère Poule. J'appelle Poussin. Ici Mère Poule. J'appelle...

— Toujours aussi original. La T.S.F. était pas née que tes indicatifs puaient déjà le faisandé. » Le haut-parleur du talkie restituait fidèlement la chaleur de sa voix. Cinq sur cinq. « N'emprunte la fréquence qu'en cas d'urgence. On sait jamais qui peut s'y brancher.

— Fin d'essai. Mère Poule recommande prudence à Poussin.

— Poussin recommande à Mère Poule d'aller se faire foutre.

— Bonne chance, Jack. »

L'appareil resta muet. Chacun dérivait à présent vers sa solitude.

Malgré la phobie des radiations qui me dévorait plus sûrement que celles-ci, je dus bientôt sortir pour uriner. Sans transition, le vent avait retrouvé son souffle et il jouait à chambarder les moirures du rideau sous l'œil impavide des œufs. La température était tombée de quelques degrés. Je levai les yeux. Les étoiles vibraient dans la nuit claire comme si l'énergie qui les alimentait arrivait par intermittence.

Je me demandai si, parmi les lueurs tremblotantes, brillait la terre d'origine des envahisseurs. Leurs capsules azur étaient apparues à la fin du conflit pour édifier les Cercles, le Red et le Gold, et disposer les gardiens. L'exode avait marqué l'esprit des victimes de manière indélébile. Sous la menace des étranges vaisseaux, étincelants sur les boursouflures sombres des explosions Z, les populations avaient évacué les régions contaminées dans une ambiance de fin de monde. Les témoins avaient insisté sur l'impitoyable volonté qui émanait des formations suspendues au-dessus du désastre. Pourtant, ils ne se souvenaient que d'avoir marché, l'œil vide, dans des champs de gravats jonchés de cadavres, soutenus par cette puissance qui n'avait rien d'humain, avant de s'effondrer, à bout de forces, devant les caravanes de secours. Ils n'avaient eu aucune pensée pour leur famille, pour les possessions qu'ils laissaient derrière eux. Ils avaient simplement trébuché de ruine en ruine, au milieu des incendies, entre les gratte-ciel qui se fendaient comme des jouets sous des pieds d'enfants, avec, dans la tête, l'explosion des conduites de gaz, le hurlement continu des blessés, la plainte des sirènes. Jusqu'à la zone saine, jusqu'à ce que la pulsion qui battait leur crâne s'apaise, puis s'éteigne, laissant place au délire induit par les radiations Z.

Les rideaux, les fameux Cercles, s'étaient alors

matérialisés autour des métropoles bombardées tandis qu'une dernière vague de capsules sillonnait le monde, de Djakarta à Sydney, de Baltimore à Pékin, avant de disparaître hors de portée de nos instruments de détection. Depuis, chacun gardait l'impression qu'un œil immense s'était ouvert dans le ciel, prêt à juger nos actes futurs. D'étranges envahisseurs, ma foi !

Peut-être en ce même instant, l'un d'eux braquait-il un télescope sur moi, peut-être nos regards se croisaient-ils par-delà le vide. Quelle pourrait être sa réaction s'il apprenait qu'une poignée de barbares avaient déjoué les défenses ? Jusqu'à présent, on attendait encore leur intervention, la punition, tout en espérant qu'elle ne viendrait jamais.

L'épaisseur de ma veste me parut tout à coup insuffisante et en frissonnant, je me hâtai de regagner la cabine et ses parois de plomb. Près de la Périf, la puissance des radiations ne m'inquiétait guère, mais bientôt, je devrais m'enfoncer vers le centre. Si Jack décidait de franchir le Cercle d'Or, je serais bien obligé de suivre. Pour Emma, et pour tuer mes remords.

Dix minutes étaient passées au chrono. Jack devait maintenant pénétrer dans les faubourgs de Toulouse la Morte. Sans doute avait-il atteint les coteaux de Pech-David, à moins qu'il n'eût préféré emprunter le boulevard de ceinture.

J'enfonçai la *Cinquième Symphonie* de Tchaïkovski dans le lecteur. Jack aurait été ravi de mon choix, c'était sa musique. D'instinct, j'appréhendais le lien qui rattachait le searcher au compositeur, cette lutte sans espoir avec le *fatum*, cette âme qui, dès l'*andante* du premier mouvement, se résigne à succomber malgré l'évasion trompeuse précédant le finale. Moi, ce genre de confession musicale avec étalage de tripes, ça me laisse d'habitude un peu froid, même si dans le cas présent, j'en étais venu à apprécier la douceur des violons.

Marlene souriait à la lune. Aux quatre coins de la photo, la colle avait commencé à attaquer le papier et des taches jaunes débordaient sur le gris de manière symétrique, tels des champignons hallucinogènes échappés d'un test de Rorschach.

Je suspendis le hamac indien aux parois de la cabine et m'y installai, *Alice au pays des merveilles* entre les mains. La lueur chirurgicale des projecteurs du Cercle Rouge projetait le volume de la lunette arrière sur le rire de la Dame de Cœur. Etonnant comme l'univers métaphorique de Lewis Carroll s'accommodait de l'emprise du destin, telle que dessinée par les bois et les cors du musicien maudit. Après tout, comment peut-on affirmer qu'Alice maîtrise sa destinée alors que, du bout de la plume, l'auteur prend un malin plaisir à la projeter à son corps défendant de mésaventure en mésaventure ? Les fils du montreur de marionnettes sont parfois vraiment trop gros. Je regardai le toit capitonné, m'attendant presque à surprendre les câbles qui dirigeaient ma ridicule personne.

Aussi charmant que fût le Pays des Merveilles, j'avais du mal à lire. Mes doigts continuaient à flamber sous les gants et mon esprit butait avec acharnement contre l'énigme des balises. Si je tenais l'enfant de salaud… J'étais persuadé que le Syndicat était à l'origine de ce nouveau coup fourré. Pas de doute, la guerre larvée opposant notre groupe de francs-tireurs à la redoutable association du Gros Tim se durcissait. Un détail me chagrinait encore : sans lunettes spéciales accordées à sa longueur d'onde, une balise non activée se distingue du sable à peu près aussi facilement qu'un serpent du désert en milieu naturel. C'est un tube au néon de quinze centimètres de long, peint à l'antireflet de la même teinte ocre que la terre du Black. Avec, à l'intérieur du tube blindé, le relais d'activation et la pile thermonucléaire.

Comment les avait-on repérées ? Deux réponses me paraissaient également plausibles, aussi peu réjouissantes l'une que l'autre. Tout d'abord, les cerveaux du Syndicat avaient reconstitué l'algorithme de positionnement des Hindleys. Dans ce cas, nous les indépendants pouvions plier bagage. Tous les passages seraient progressivement piégés et nous y passerions tous. La seconde hypothèse me flanquait la chair de poule rien que d'y penser : un fils de pute avait noyauté la bande.

Les visages de mes compagnons du *Relais* défilèrent un à un, bougons, rieurs ou indifférents, tels que je me les rappelais. Ligeia, Edmonde, Berina, Cathleen, Jory, les deux Patrick, Pierre, Gaspard et Enzio. Aucun ne me parut celui d'un traître.

Les premiers soupçons se portaient naturellement sur Hermann, le propriétaire du *Relais*. Hermann Scholz avait été à l'origine du mouvement sur Toulouse. C'est lui qui, en collaboration avec l'Espagnol du Nord dont le réseau couvrait l'ensemble de l'Hexagone, avait constitué les premières équipes, recruté les nouveaux searchers et fourni le matériel pour débuter. Il était l'âme de la bande, mais aussi le principal suspect, puisque lui seul détenait les coordonnées de tous les Hindleys du groupe. Toutefois, le personnage s'était toujours placé au-dessus de la mêlée et chacun de nous lui devait trop pour que cet excès de méfiance ne me parût pas presque indécent.

D'un naturel teigneux et volontaire, le vieux receleur n'avait pas son pareil pour relancer la machine au moment où un piston s'enrouait, quand un engrenage dérapait. Toujours présent avec ses liqueurs miracles quand les pépins nous tombaient dessus. Sans lui, nous nous serions éparpillés au premier coup dur. Combien d'entre nous avait-il replacés sur les rails après la mort violente d'un équipier ? Tous, nous avions une place dans son cœur immense. Ses conseils, il ne les monnayait pas, il les offrait avec une rare générosité. L'homme ne vivait que des recettes du *Relais* et de la petite commission qu'il se réservait pour faire passer nos prises dans le milieu, mais visiblement, il n'en demandait pas plus.

A chaque voyage, nous rapportions une babiole pour lui expliquer que nous étions ses fils. Personne ne pouvait oublier les instants où il nous prenait la main et nous entraînait sur le parking pour lire l'avenir dans la lune. Parce qu'un copain searcher venait de se faire sauter le caisson, parce qu'une fille n'était pas encore rentrée du Red, que les minutes passaient, de plus en plus lourdes, parce que le monde ne tournait pas comme on souhaitait.

Alors Hermann, non. Définitivement non.

Il me fallut beaucoup de constance pour rejoindre Alice derrière son lapin pressé. Rien que d'y penser, le chapelier fou et le mille-pattes au narguilé vissé sur son amanite magique me filaient par avance le bourdon.

Entre deux lignes, les idées noires se bousculaient au portillon. Et toujours aucune nouvelle de Jack.

II

PREMIER PUZZLE

(Angle mort)

1

La jolie fille plantée devant *Liordano* ne semblait pas appartenir à cette catégorie de sinistres
badauds qui se succèdent dans une galerie d'art,
l'esprit aussi pincé que les cordons de leur
bourse. Roderic congédia d'une boutade le nabot
prétentieux qui s'accrochait à ses basques et suivit la piste parfumée à l'ylang-ylang.

« Vous avez remarqué combien les mouvements
sont inspirés. Quelle tenue, quelle arrogance dans
l'élan ! Il est évident que la spatule a obéi à un
refus exemplaire de l'effet facile. Mais cela ne doit
pas nous étonner de la part d'un Liordano. »

Il avait chuchoté à l'oreille de la fille... pour se
retrouver, décontenancé, face à la truffe luisante
d'un chihuahua rose Ispahan.

« Permettez que je me présente : Roderic Pasquale, critique et directeur de cette modeste galerie. Ah, Liordano... L'aisance, la maîtrise de la
matière ! Ce jeune talent mérite une rétrospective
depuis des années. Hélas, il ne cède ses œuvres
que contraint et forcé. Il faut les lui arracher, ma
chère, quasiment les lui voler.

— Dommage qu'il s'inspire de San Philio et de son naturalisme béat. »

La voix de la fille, surprenante d'aridité, crissait comme un chant de cigale.

« Il faut se méfier des influences trop évidentes ! Personne ne sait mieux que Liordano traduire l'expansion de l'âme à la recherche de ses racines. En cela, il n'a de leçons à recevoir de personne.

— Vraiment ? Il me semble pourtant que le thème a été abordé plusieurs fois cette décennie et, croyez-moi, traité avec plus de fougue. »

Roderic prit bonne note de l'humeur de la cliente. Ses remarques s'inscrivaient dans une vague de fond qui allait renvoyer Liordano à l'anonymat qu'il avait quitté si brillamment, deux ans plus tôt. Le critique soupira. Le monde allait si vite. Depuis la fin de la guerre, le meilleur artiste ne tenait pas cinq ans.

« Si Liordano vous laisse indifférente, peut-être serez-vous plus sensible aux audaces d'un Dunosc ? »

Le chien à bigoudis ne cessait de le scruter en plissant le mufle d'un air hagard. A la niche, le cabot ! Sa maîtresse faisait mine de s'intéresser aux pâtes bicolores de Padishevski. Azur, gris perle, brun doré ? Roderic brûlait de surprendre la couleur de ses yeux.

« Voici *Retour à l'envoyeur*, le dernier épisode de la saga Dunosc.

— Ce bloc de béton ?

— Un bloc, oui, mais quel bloc ! Vous ne devinerez jamais autour de quoi il a été coulé.

— Je n'essaierai même pas. »

Les yeux de la jeune femme, d'un brun commun, le déçurent.

«Rien d'autre qu'une pièce radioactive de la centrale de Dortmund! Il fallait s'y attendre, me direz-vous...

— Ah!» Elle esquissait une moue de pur dégoût. «Une œuvre mécaniste!»

Deux individus venaient de pénétrer dans la galerie. Leur allure déplacée avait de quoi attirer l'attention d'un homme moins observateur que Roderic. Carrure de boxeur, accoutrement d'une autre époque, style Brooklyn jazz, coloris criards. Le propriétaire de la galerie abandonna sans façon la mijaurée devant le cube granuleux pour se porter à leur rencontre. Seigneur, comment des êtres humains pouvaient-ils s'habiller de manière aussi vulgaire? L'élégance, la noblesse des tableaux, des sculptures, des mobiles qui les entouraient s'en trouvaient naturellement rehaussées.

«Messieurs, si je puis vous être utile...» Voix pateline, sourire dentifrice.

«T'as tout compris, l'enfariné. C'est l'heure de la fermeture, on boucle.»

Une main ferme lui avait saisi le revers du veston. Elle puait la lavande. Avec une assurance qu'il était loin de ressentir, Roderic s'entendit prier les intrus de vider les lieux. Le commissariat se trouvait dans la rue voisine, il suffisait d'un appel.

«P'tit père, t'as assez fait le zouave pour la saison.»

Le second personnage lui pinçait le nez entre le pouce et l'index.

«T'as deux minutes pour balayer les lieux. Tu

vois l'antigrav rouge, près de la cabine télépho-
nique? Y a un gars avec une sulfateuse dedans.
Ça chante, une vitrine qui explose, on dirait une
cascade. »

Ils ne mentaient pas. Un pistolet-mitrailleur
léger de type Thompson était braqué sur la galerie depuis une petite Corvette amarante. Le
chauffeur, sweat-shirt, biceps de forain, affichait
un sourire triste au-dessus du canon, comme s'il
était désolé de faire ce boulot. Sans perdre son
calme, Roderic assura les gorilles de sa diligence
et se dirigea vers les clients en se tamponnant
le front. Il était désolé, la galerie devait fermer.
Bien entendu, ce fut la pimbêche au chihuahua
qui fit des manières. Il fut obligé de la bousculer jusqu'à la porte, les oreilles froissées par ses
protestations et par les piaillements du chihuahua. Une fois sur le trottoir, il ne put s'empêcher d'envoyer un coup de botte sournois à la
bestiole couinante qui avait regagné le plancher
des vaches.

Les brutes en zoot suit avaient gagné la cage
de verre polarisé de son bureau. Il les rejoignit
en se torturant l'esprit. A sa connaissance, le
quartier ne subissait aucun racket. Pourtant, le
type méditerranéen prononcé des visiteurs l'incitait à les classer dans une organisation du genre
mafia. L'impéritie de la police marseillaise le
confondait. Rien que des jeunots plus occupés à
astiquer les chromes de leur Harley antigrav qu'à
nettoyer les bas-fonds de la ville.

Le plus mince, celui qui était si abominable-
ment parfumé et qui portait des lunettes, piano-
tait déjà sur le terminal. L'autre, une hanche

jetée contre le bureau, se curait les narines avec application. Quand il parla, son activité glissa dans sa voix un nasillement digne d'un Donald Duck sous oxygène.

« Jimmy, mon gars, t'as trouvé ?

— Faudrait une passoire ! Ses mnémoniques sont complètement déjantés et ses fichiers, de vraies poubelles.

— T'as entendu, pédoque ? Jimmy, c'est le mégaprince du gigabit, le roi des accès directs, la diva du crackage. S'il déniche rien, c'est peut-être que tu gardes l'essentiel dans ton crâne de primate ou que t'as peur de confier tes petits secrets aux circuits du père Apple. Si c'est le cas, faudra qu'on revienne aux bonnes vieilles méthodes de contrainte par corps... T'as un joli petit bout de galerie, bien situé. »

Roderic flaira la manœuvre. Les pourris n'allaient pas tarder à insinuer qu'une bande de Portoricains ou de Coréens venait de débarquer sur la Canebière, de méchants gars qui n'hésitaient pas à jouer de la barre à mine sur les vitrines. Et qu'eux étaient tout prêts à lui sauver la mise en échange d'une somme ridicule à verser chaque début de mois. Il se trompait.

« Pour ça, la camelote que t'exposes a de la gueule. Elle a aussi un train de retard. Faut pas nous prendre pour des manchots de Béring. Comprends, on est pas des ingrats, on a pitié des pauvres tâcherons qui se ruinent la santé à produire des croûtes aussi périmées. On aimerait bien leur dire, à ces anges, qu'ils pédalent dans la mélasse, leur filer un coup de main sympa, quoi...

— Arrête de bavasser, Jerry, et attrape ton calepin. Desrosiers Jacques.

— Il a pas une imprimante, notre zèbre sans raies ?

— Elle est en rade. Note, j'te dis. Desrosiers Jacques, 23, allée des Tilleuls, Draguignan. Pleyers Isaac, 336, avenue Camille-Desmoulins.

— A vent ou à eau ? »

La quinte de rire empêcha le grand bourru d'explorer ses cavités nasales pendant une bonne minute. Un exploit selon les normes de Roderic, car même en écrivant l'autre continuait à jouer du doigt dans le nez et du crayon sur le papier avec une égale dextérité.

« Pousse pas à la roue. Tu vois bien que monsieur s'impatiente. Note ! 336, avenue Camille-Desmoulins, Saint-Clary. Prunier Richard, 5, chemin des Brumes, Grenoble. »

Le fichier cracha ses bits jusqu'au dernier. Roderic songeait aux artistes dont les adresses s'alignaient dans le carnet. A quelle sauce allaient-ils être dévorés ? Son éthique de critique l'avait tenu à l'écart de leur vie privée. Il devait juger non pas l'homme, mais le produit fini. Une seule fois, il avait proposé à Landelys de visiter son atelier. Le peintre l'avait éconduit avec une brutalité singulière, disons même insolite. Aujourd'hui, il se félicitait de ce refus, car ainsi il ne se trouvait en aucune manière mêlé aux sordides affaires que laissait présager l'intrusion des malfrats.

« On lève l'ancre. »

Le dénommé Jimmy prit la peine d'éteindre l'écran puis la console. Il n'y avait pas à dire, s'il ne puait pas la lavande et si son acolyte ne suçait pas les provisions qu'il tirait à intervalles réguliers de son nez boursouflé, les deux auraient eu du style, dignes de figurer dans une série noire d'importation.

«Paré, cap'tain. Toi, le guignol en papier mâché, tu restes bien sagement dans ta cage à ouistiti pendant au moins dix minutes. Nous… Ah, nous, tu nous as jamais vus. T'inquiète, tu finiras par le croire, c'est couru d'avance.»

Tout en parlant, le grand à la chemise hawaiienne démontait les fusibles du visiophone.

«La politesse, on connaît. Tu saisis? Mais là, on veut faire une surprise à tes potes. Si tu les prévenais, la combine tomberait à la flotte et on serait tristes, très tristes, au point de devenir méchants.»

Dans le hall d'exposition, les truands prirent le temps de flâner entre les panneaux, d'examiner chaque œuvre avec des gestes de spécialistes. Leurs commentaires désobligeants s'émaillaient de ricanements. Telle la conscience aux trousses de Caïn, Roderic les suivait en se tordant les doigts, priant pour que la comédie se termine au plus tôt.

Enfin, ils furent sur le pas de la porte, civils, presque affables. Ils lui serrèrent même la main en le remerciant de l'attention qu'il avait bien voulu leur accorder.

Quand la Corvette rouge eut disparu dans le flot de la circulation, Roderic s'assit au pied des tableaux, se prit la tête à deux mains et hurla. Dans un grand fracas, les mobiles sonores se mirent à danser.

Un hoquet, et sa voix se brisa. Derrière, un grommellement d'excuse. Il aperçut tout d'abord la Corvette, dehors, revenue, puis le petit homme costaud en costume trop ample qui lui tendait d'une main timide *La Boule* de Dennyson. Son cœur dérapa, mais il parvint à murmurer :

« Oui ?

— Faudrait pas nous prendre pour des voleurs, m'sieur Pasquale. Jerry est comme un gosse, il empoche tout ce qui brille. Veuillez accepter nos excuses. »

Sans un mot, Roderic se leva et déposa la boule de bronze sur le piédestal de porphyre entre *L'Avènement sans fin* et *Le Retour de la duchesse sous une perspective oblique*. Puis il revint coller son front contre le verre teinté de la vitrine. Il semblait, cette fois, que la conduite intérieure fût repartie dans sa réalité de série B, avec ses gangsters en zoot suit, sa mitraillette et ses menaces à peine déguisées.

Les passants regardaient avec commisération l'homme exposé. Lui ne voyait personne, hypnotisé par le chassé-croisé des antigravs à hauteur des premiers étages, sous les panneaux publicitaires qui déroulaient leur film en boucle.

Sa vie avait été un long combat. La galerie, il l'avait montée à quarante-trois ans, un vieux rêve doré à la patience. Il lui avait fallu attendre que la frénésie de l'après-guerre s'éteigne. En ces périodes de reconstruction, le monde dédaigne les arts pour des priorités moins gratuites. Au moment où ses articles dans la *Gazetta* commençaient à témoigner de son découragement, la première œuvre de Ligorni avait jailli de la grisaille, éclatante de morbidité, intelligente, lyrique. L'artiste était ce que l'on appelait communément une étoile filante. Pas d'histoire, pas d'antécédents, pas de pedigree. Son exposition avait déclenché l'éclosion d'une poignée de talents exceptionnels. Noirs. Superbement noirs.

Dans l'euphorie, Roderic n'avait pas hésité. La galerie *Antinéa* avait ouvert ses portes une nuit d'avril pour le vernissage d'une exposition de Fittipaldi, l'un des prodiges du mouvement néo-italien. Depuis, le succès s'était confirmé et *Antinéa* était devenue le berceau de la nouvelle vague qui repoussait toujours plus loin les limites du génie macabre.

Puis la Corvette avait surgi, éveillant d'anciens soupçons qui ne demandaient qu'à refaire surface.

Il allait rentrer à son appartement. Atlantide l'accueillerait en miaulant quand il pousserait la porte. Pour une fois, il aurait aimé trouver dans son lit une personne sensible, capable de l'écouter, de le comprendre. Les yeux des chats brillent de mille qualités mais ils n'apaisent guère les tourments des hommes.

Il enclencha l'alarme et sortit dans la lumière rousse de l'après-midi. Marseille en pleine expansion rutilait depuis que les extraterrestres avaient bouclé Paris bombardée. Les rues sentaient le thym, l'iode et la sardine. Au-dessus de lui, les moteurs électriques bourdonnaient. Il avançait sans crainte sous les châssis éraflés des voitures, certain à présent de ne jamais revoir la

Corvette. Pour ce qui était de l'avenir de la galerie, il était plus pessimiste. Si ses doutes se confirmaient, les fournisseurs auraient d'ici peu d'énormes problèmes pour alimenter ses expositions.

2

Sur la terrasse plafonnant Santa Anna Building, la brise océane claquait les tentes de la réception. Accoudée à la balustrade, Laura regardait la nuit fondre sur la baie de New Houston. Les premiers diamants s'allumaient en cascade sur le golfe du Mexique pour gagner peu à peu l'intérieur des terres. Dans son dos, les voix entrelacées imitaient le grondement du ressac. Une odeur de marijuana flottait sur l'air du soir.

Plaqué contre la paroi de l'immeuble, un immense panneau publicitaire venait de s'embraser. L'aura rougeoyante des lettres S.O.N.Y. incendiait le visage de la jeune femme. Elle se félicitait d'avoir accepté l'invitation d'Oswald. Longtemps, elle avait hésité à faire le voyage, de peur de se trouver confrontée aux fantômes d'une Amérique dévastée. Mais le pays semblait les avoir exorcisés avec la même efficacité que l'Allemagne des années cinquante.

Le projet *Out of Bounds* que dirigeait son ami Oswald Gould au sein de l'A.S.I., l'Agence Spatiale Internationale, en constituait une preuve éclatante. Dès la fin de la guerre des Z, le nouveau continent s'était battu pour focaliser les espoirs d'une Terre durement frappée par les bombes. Ainsi que le souhaitait Einstein, on avait convoqué les cerveaux les plus brillants du moment, sans distinction de race ou d'idéologie, et, en prenant appui sur les industries de guerre recyclées, l'aventure spatiale était en train d'opérer le miracle tant attendu. Le monde avait les yeux braqués sur New Houston, avec le secret espoir que l'A.S.I. allait effacer l'horreur du conflit qui venait de le saigner à blanc. Chacun attendait avec impatience le message triomphal de Terra-Mater. La navette, la première habitée depuis l'abandon des programmes Discovery et Ariane Plus, faisait route vers la frontière du système solaire. Phénomène étrange, l'exploit passionnait autant les miséreux des favelas de Rio que les rescapés des exodes de Londres, Vienne, Toulouse ou Delhi, qui voyaient dans le défi jeté aux étoiles une occasion d'oublier la faim, la peste et les hurlements des irradiés. Une manière aussi de braver les capsules azur qui avaient violé l'intégrité de l'espace terrien.

Laura s'était décidée à prendre un congé sabbatique. Son poste de professeur d'Arts Plastiques à l'Université de Bruxelles l'ennuyait. Elle avait traversé l'Atlantique au vu d'une photographie parue dans *Life*, représentant l'épave fracassée d'un bombardier B 65 plantée au milieu d'un champ, près de Kansas City. On y voyait une troupe de gamins d'à peine une dizaine d'années démanteler l'habitacle, sous la direction d'un vieillard souriant. Autour de l'appareil, la terre était labourée comme si l'humanité ne désirait qu'une chose, que le blé ou le maïs engloutisse au plus vite cette séquelle d'un âge révolu.

Plus tard, la visite de Cape Armstrong-Gagarine avait fait voler en éclats les dernières réticences de Laura. A New Houston, on était loin du marasme européen, de cette morosité ambiante qui pesait sur chaque élan. La jeune femme avait particulièrement apprécié les bâtiments hardis du Centre Spatial, la plate-forme d'envol marquée par le feu des réacteurs, la haute tour de soutien et surtout la maquette géante de TerraMater, exposée dans le hall du *Command Headquarter* La noblesse de la navette, ses flancs décorés des drapeaux de toutes les nations l'avaient définitivement convaincue : l'humanité avait encore un avenir.

« Laura ? » Une main venait de se poser sur son épaule. « Je te dérange ?

— Pas du tout, Oswald. Je rêvais.

— Comme nous tous, ici. Je crois que le Texas n'a jamais autant rêvé qu'aujourd'hui, on se croirait revenu au temps des Kennedy. Tu veux bien venir, s'il te plaît, j'aimerais te présenter quelques amis. »

Laura prit le bras du maître de maison et l'accompagna jusqu'au cœur de la party. Oswald avait préféré inviter la crème de la scène artistique de la côte Est plutôt que la bande de joyeux scientifiques qu'il fréquentait d'habitude, et elle lui en était reconnaissante. Ça papillonnait dur autour des buffets. Voix, rires, cliquetis, pétillements, muzak se télescopaient en une cacophonie codée, résolument moderne. Pour autant que ce mot voulût dire quelque chose.

« Messieurs ! » Oswald attira l'attention d'un groupe de personnages hauts en couleur. « Une seconde, je vous prie. » Il se tourna vers Laura. « Connais-tu John Moore ? John vient de défrayer la chronique avec *What's Sex, my Lord ?*, une comédie au vitriol sur la faune de L.A. Sous des dehors de rustre impénitent, John cache une sensibilité de jeune premier.

— Ne compte pas sur moi, Oswald mon chou, pour dire du bien de ta petite protégée. » Maquillage prononcé, yeux de gamine, voix maniérée. Laura se sentit rougir avant de comprendre. « TerraMater est un nom proprement exécrable. Pour une navette à vocation mondialiste, je trouve que tu as commis un sacré impair. La racine latine est un affront à nos frères ismaélites ou bouddhistes.

— Nous en reparlerons, John. Et voici Benedict Graham. » Visage de fouine, nez pointu souligné par une fine moustache. « Je te laisse la parole, Benedict, je sais que tu détestes qu'on te présente.

— Grand Prix de Trieste, lauréat d'une bourse Günther, vainqueur de la régate d'été de Bournemouth et amoureux fou de votre sourire, mademoiselle.

— Ce que Benedict oublie de te dire, c'est qu'il est l'espoir de l'Amérique, le seul sculpteur capable de rivaliser avec la marée époustouflante venue du vieux continent. Passons à notre ami Willem J. Gorky. » Oswald désignait un homme pâle, bâti comme un séquoia. « Transfuge de l'école russe, Willem rencontre Jenny Wales en repérage à Manhattan où il travaille comme docker depuis deux ans. Elle l'engage dans *So long, Darling*, et c'est le flash. Il tourne actuellement un remake de *La Femme et le Pantin* sous la direction de Wenkhoel. »

Sans un mot, l'acteur esquissa une courbette avec une grâce désuète. Oswald invita Laura à s'avancer.

« Mes amis, Laura Winkler, la critique la plus pertinente de *Galerie*.

— Certains disent, la plus impertinente.

— Ne fais pas attention, Laura, Benedict est un monstre. En général, nos monstres ne mordent pas, mais on ne sait jamais. Je te laisse, chérie, à tout à l'heure.

— Quelle coïncidence ! Juste avant que vous vous joigniez à nous, nous évoquions les esquisses de Van Gogh qu'un inconnu a, paraît-il, proposées au British Museum. »

Benedict couvait Laura d'un regard par trop scrutateur. Mal à l'aise, elle se mit sur la défensive.

« J'ai appris la nouvelle au moment où j'embarquais à Tampa. J'ai tout de suite téléphoné à Lord Pike. Tout ce que je peux vous dire pour l'instant, c'est que l'expert du musée n'a pas encore eu les pièces en main.

— Mais ces esquisses, ne figurent-elles pas sur la liste des œuvres disparues depuis le bombardement du Rijksmuseum d'Amsterdam ?

— Effectivement, mais si l'affaire s'est ébruitée, il y a fort à parier que ces copies sont d'excellente qualité.

— Ne pourrait-il s'agir d'originaux? s'enquit Gorky.

— La zone d'Amsterdam est bouclée depuis la fin de la guerre, monsieur Gorky. Alors, à moins d'imaginer...

— De toute manière, Van Gogh n'a jamais su dessiner. Un brillant coloriste, soit, un graphiste inspiré, en aucun cas. »

John Moore, visiblement peu intéressé par la tournure technique que prenait la conversation, semblait résolu à choquer.

« Monsieur Moore, vos pièces m'ont laissé l'image d'un auteur à la plume nuancée. Perdriez-vous en public la faculté d'exprimer des opinions subtiles? Permettez-moi de vous dire qu'on ne juge pas un génie de la trempe de Vincent Van Gogh en trois ou quatre mots que l'on croit bien envoyés. D'ailleurs, monsieur, on ne juge pas le génie, on l'admire et on se tait. »

Vexé que la jeune Belge lui ait si facilement ravi la vedette, Moore s'écarta du groupe en grommelant. Gorky ouvrait des yeux d'épagneul.

« Fichtre! Vos paroles décapent autant que les papiers que vous signez dans *Galerie*. Ce vieux John a craqué... Mais n'est-ce pas là notre ami Roderic? Toujours à la pointe de l'élégance. Roderic Pasquale, Laura Winkler. »

L'homme, d'âge mûr, impressionnait autant par sa démarche de vieux noble que par l'élégance de ses traits, dignes d'un Praxitèle. Il sourit à Laura, lui tendit une main ferme et possessive, prête à s'attarder dans la sienne.

« De Bruxelles, j'imagine. Il y a longtemps que je souhaitais vous rencontrer. » La voix se teintait par instants d'un léger accent italien fort agréable. «Pour ma part, je me partage entre Marseille et Milan, où je travaille pour la *Gazetta dell' Arte*. Excusez-nous, messieurs, nous avons mille choses à nous dire.»

Le bras familièrement passé autour des épaules de la jeune femme, Roderic la guidait vers un divan. Laura ne savait comment réagir face à cet homme élégant qui tapotait en invite le coussin près de lui. Elle n'eut pas le temps de se forger une image du personnage qu'il parlait déjà.

«Tel que vous me voyez, je suis inquiet. Très inquiet. En tant que collègue, vous me permettrez d'aborder le problème franchement. Que se passe-t-il en Europe?» Laura consentit à s'asseoir, soudain intriguée. «Un courant nous submerge depuis bientôt dix ans... depuis, soyons précis, les représentations spatiales de Ligorni. Les San-Pietri, Rinari, Uccellino, Giornimo, Gilberti ont révolutionné l'espace, la matière, la lumière. Vous vous en êtes certainement aperçue, le mouvement néo-italien connaît ses dernières heures de gloire. Au printemps prochain, nous n'en parlerons plus.»

Laura n'en croyait pas ses oreilles. Après des mois de débats stériles en Europe, elle venait enfin de rencontrer une personne qui partageait ses préoccupations. La rumeur de la party s'était éloignée, avec elle la futilité, le brillant plus strass que diamant, le décor tapageur. L'excitation professionnelle transformait peu à peu la conversation en huis clos.

«Jusque-là, je vous suis, monsieur Pasquale.

J'entrevois même vos conclusions. Continuez, voulez-vous.

— On était en droit d'espérer une période plus terne avec retour aux valeurs anciennes un *drawback*, comme on dit dans le métier. De quoi respirer entre deux écoles.» Roderic faisait tourner un camée autour de son index. «Et ne voilà-t-il pas qu'on nous propose Fey-Bey, Vien Lö, Gachet, Humbert, avec des merveilles comme *Le Triptyque de Constantine* ou *La Conversion de saint Thomas*. J'en ai la tête qui tourne. La qualité de ces œuvres nous dépasse. C'est inhumain de méchanceté et d'horreur. Avez-vous jamais passé une heure entière devant *Le Lionceau* de Barnard? Je vous assure qu'il y a de quoi pousser le meilleur d'entre nous au suicide. Ce n'est pas un homme qui a conçu ce patchwork, mais un démon… Excusez-moi, je suis ridicule.»

Roderic s'était tassé. Ses traits s'affaissaient peu à peu et la tristesse noyait ses yeux. Laura le sentit éminemment fragile, sur le point de craquer. Elle posa une main sur son bras.

«Vous n'êtes pas le moins du monde ridicule, monsieur Pasquale. Laissez-moi vous rassurer, j'ai éprouvé la même sensation en étudiant *L'Illusion perdue* de Bourbaki. J'étais seule dans la pièce. La nuit tombait. J'étais en train de regarder le petit pendu derrière l'horloge, vous savez, celui dont on dit qu'il doit tout au Picasso de *Guernica*, quand soudain j'ai eu très froid, très chaud, comme une grosse boule de lave et de glace coincée au niveau du cœur.

— Ce n'est pas vrai! Vous avez ressenti ça aussi?

— C'était atroce, je n'arrivais plus à respirer.

— Auriez-vous par hasard rencontré l'un de ces chefs de file?

— Mais il n'y a pas de chef de file! réagit Laura. Ça fuse, ça jaillit, ça n'obéit à aucun canon.

— Bien sûr, mais avez-vous parlé à l'un de ces prodiges?

— J'en ai fréquenté quelques-uns à Bruxelles.

— Et vous n'avez rien remarqué de bizarre?

— Maintenant que vous m'en parlez… A part cet illuminé de Ferlanghini, aucun ne m'a paru présenter le moindre signe d'excellence. Vous savez, cette minuscule étincelle qui fait la différence.

— Oh, je vois très bien. Nous avons rencontré, vous et moi, des fonctionnaires du pinceau, des gens parfaitement ternes. Et quand on sait l'excentricité, la folie, et même la morbidité qui imprègnent les œuvres de ce courant, vous serez d'accord avec moi pour dire que tout ça ne colle pas. J'ai longtemps étudié le problème et je me demande si…

— S'il vous plaît, Roderic, vous allez dire une bêtise. »

L'Italien se tut et plongea ses yeux dans ceux de la jeune femme. Il nota qu'elle était parfaitement consciente de l'importance des prochains mots. Qu'ils les osent seulement, et leur conception du rôle de l'artiste dans l'univers, de son angoisse devant la toile blanche, de sa responsabilité vis-à-vis de la société, tout basculerait. Une phrase suffirait. Roderic se contenta d'une allusion :

« On n'a jamais été certain que Shakespeare ait écrit *Macbeth*. Vous voyez ce que je veux dire?

— Tout à fait. Mais il ne sert à rien de se laisser emporter par son imagination. Nous exigeons trop des artistes. Un gouffre sépare souvent l'œuvre de l'auteur.

— Je serais prêt à vous croire, Laura, si d'autres personnes peu recommandables ne s'intéressaient à ces petits génies. » Il raconta l'irruption des malfrats dans sa galerie de Marseille. « Un orage se prépare dans le milieu, et cela ne me plaît guère.

— Laissez-le éclater, vous n'êtes plus concerné à présent.

— Sans doute. Mais je prévois des retombées à court terme. Comment pourrait-il en être autrement ? Vous avez examiné *Les Illuminations funèbres* de José Yepez ? A côté, *Le Sabbat des sorcières* de Goya fait figure d'aimable pochade. Tous les sens sont agressés. Je ne saurais vous dire les visions de cadavres en décomposition, les puanteurs de charnier qui m'ont envahi jusqu'à la nausée, la dernière fois que j'ai regardé ce tableau.

— Ne vous donnez pas cette peine, confirma Laura, je me suis sentie littéralement violée. A croire que les pulsions les plus macabres de l'humanité n'attendaient que mon regard pour se libérer de la toile.

— Et ces blancs aveuglants, ces noirs insoutenables ? Terrible, n'est-ce pas ?

— Je ne vois qu'un homme à l'agonie pour se risquer si loin.

— Eh bien, mardi dernier, croyez-le ou pas, Desprez m'a présenté José Yepez. Imaginez un Espagnol long comme un jour sans paella, des

78

yeux noirs de chérubin, un sourire de haridelle. L'auriez-vous rencontré dans la rue, vous l'auriez pris pour un terrassier endimanché, un jour de corrida. Si cet imposteur a créé *L'Illumination funèbre*, je veux bien rendre mon tablier.

— Je ne voudrais pas vous heurter, mais le rôle d'un critique, me semble-t-il, se limite à partager un plaisir avec ses lecteurs. Non à établir des paternités.

— Vous vous moquez de moi, jeune fille !

— J'essaie seulement de vous rassurer. Vous avez l'air de prendre cette affaire si à cœur. A mon sens, nous devrions nous féliciter de vivre une nouvelle révolution esthétique et jouir de ce privilège sans arrière-pensée.

— Cela paraît raisonnable, en effet, et nous finirons là pour ce soir. Cependant, comme nous serons sans doute appelés à nous revoir, et ce avec grand plaisir, j'aimerais que vous vous rappeliez ce que ce vieux renard de Pasquale a sur le cœur : le jour où nous apprendrons la véritable origine de ces chefs-d'œuvre, nous nous repentirons de ne pas avoir attiré l'attention du public à temps. Sur ce, bonsoir, mademoiselle Winkler, et excellent séjour au chevet de TerraMater. »

3

A Saint-Clary, l'avenue Camille-Desmoulins n'a d'avenue que le nom. Des arbustes couleur de chlore percent les trottoirs de part et d'autre de la chaussée à deux voies, sans réussir à entamer la banalité du décor. Derrière des haies de troènes ou des palissades maintes fois repeintes, les villas se drapent dans cette pudeur indignée qui fait le charme des banlieues londoniennes.

Hélas, les habitants du quartier n'ont rien d'anglais dans leur mentalité et l'on serait bien en peine de trouver un mètre carré de gazon entretenu. Les orties disputent le terrain aux dalles de ciment. Perdus dans ces microjungles citadines, des lutins de plâtre aux braies délavées par trop d'averses observent le passant d'un œil morne.

Un coron, c'est une enclave, une réserve qui tousse à la cadence des hauts-fourneaux, qui n'en croit pas ses yeux, le dimanche, lorsque la poussière se pose enfin pour apprendre aux enfants du coin que le bleu est la teinte naturelle du ciel.

Sur la ligne heurtée de l'horizon, les fumées du complexe sidérurgique d'Usinor étouffaient le soleil. La boîte aux lettres du 336 brillait comme si le propriétaire, se sentant incapable de protéger les murs de la gangrène industrielle, s'était consacré à la défense du cordon ombilical qui le reliait à l'extérieur.

Jerry poussa le portail et sonna.

M. & Mme PLEYERS

«Bonjour, madame. Pourrais-je parler à monsieur Pleyers?

— Il n'est pas là.» Ton sec, aussi sec que les angles du visage de la femme.

Du fond du couloir, un gosse roux juché sur une bicyclette hurla:

«Qui c'est, qui c'est? Dis, m'man. Qui c'est?

— Je t'ai déjà dit de poser ce vélo et de pas gueuler comme un sourd.»

Jerry attendit quelques instants avant de se décider à émettre un «Ah bon?» impatient.

«Ben oui, quoi! Le père Pleyers est au boulot. S'il passe pas faire le plein au bistrot, il arrivera vers midi. Bon Dieu, ce mioche va me rendre folle. Tu vas arrêter, oui?»

La gifle claqua sur la joue rebondie du gamin qui, de rage, descendit de selle sans prêter attention au guidon qui déchirait le papier peint et se mit à bourrer de coups de pied les tibias de sa mère.

«Merci, madame.»

Désorienté, Jerry recula jusqu'au trottoir sans réussir à éviter le soulier fou du gamin. Il s'engouffra dans la Corvette en jurant. Les deux

82

autres pleuraient de rire en regardant la scène se poursuivre, d'autant que la jeune madame Pleyers avait très peu de chances de rattraper son rejeton avant qu'il s'attaque aux pots de terre alignés sur l'appui de la fenêtre. Il était onze heures vingt, ça valait le coup d'attendre.

La première sirène d'Usinor hurla.

Puis la seconde, une heure plus tard.

Isaac Pleyers fit une entrée fracassante dans la rue Desmoulins à treize heures dix. Le vélomoteur percuta une poubelle et l'homme roula sur la chaussée tandis que la pédale arrachait des étincelles à l'asphalte.

« C'est pas le moment de rigoler, Barty, grogna Jimmy à l'intention du chauffeur. Ça m'a tout l'air d'être notre client.

— Quelle cuite ! » approuva Jerry, en effaçant la buée.

Les deux hommes avaient troqué le zoot suit contre une tenue plus conventionnelle, polo et veste à carreaux. L'attente dans l'atmosphère confinée de la voiture les avait rendus hargneux. Et ce ciel ardoise qui pesait sur les esprits, aussi éreintant qu'un soleil de canicule !

Au bruit de la chute, un petit groupe de voisins était accouru et se pressait autour de l'accidenté. Une longue pimbêche âgée, taillée en manche de parapluie, cria à la cantonade :

« Madame Pleyers, madame Pleyers ! C'est votre jules.

— Faut y aller ! grommela Jimmy. On va s'occuper de lui. »

Accroupis près de l'homme en combinaison bleu mazout qui ronflait comme une chaudière, les badauds dévidaient des évidences. La vieille, debout, les regardait en secouant la tête.

« Pleyers, ça va ? Vous avez mal quelque part ?

— Vous croyez qu'on peut le soulever ?

— Pour une vulgaire chute de vélo ! Un gosse serait déjà debout, marmonna la vieille.

— Ma bonne dame, si c'était un gosse, il puerait pas le pastis.

— Depuis quelque temps, le Pleyers, il est bizarre… Tenez, on dirait que le sang lui est monté à la nuque. »

Les commentaires allaient bon train lorsque Jimmy et Jerry se mêlèrent à la petite troupe. Le vélomoteur continuait à pétarader dans le vide, un illuminé parlait de prévenir les pompiers.

« Mon pauvre Isaac, on va te tirer de là, tu vas voir. Donne-moi un coup de main, Jerry. Il faut le transporter chez lui.

— Vous, là, intima Jerry à un gros en salopette pendant qu'il saisissait le corps par les mollets, éteignez le moteur et suivez-nous avec la moby-lette. »

Le moyeu arrière couinait lamentablement, couvrant les borborygmes de l'ivrogne et les murmures des voisins. Ils sonnèrent.

« Vous avez qu'à la ranger contre la haie, on s'en occupera plus tard.

— Vous voulez que j'appelle un toubib ?

— Ça ira, il est juste commotionné. Merci », ajouta Jerry avec un large sourire d'hyène qui fit détaler le curieux.

Le gamin leur ouvrit la porte. Un bruit de fusillade se répercutait dans le couloir tandis que les voix typées d'une série américaine ânonnaient des reparties aussi originales qu'une jante fraîchement sortie des chaînes de la General Motors.

«Maman, maman!

— Encore vous! Ah, vous l'avez trouvé. La douche est au premier. Le salaud, il empeste jusqu'ici!

— N'ayez crainte, il est pas blessé.

— Ah bon.»

Sans plus insister, tirant le garnement par le bras, la maîtresse de maison disparut dans le salon où la télévision continuait à produire des bruits peu ragoûtants.

Ce ne fut pas une mince affaire que d'amener Pleyers sous la douche. Mais dès que l'eau entra en contact avec son épiderme, l'ivrogne disparut, au profit d'un personnage à l'élocution plus fluide, plus animée aussi.

«Mais, mais vous êtes fous... Sortez-moi de là!»

Jerry le saisit par les bretelles de son bleu et le projeta, dégoulinant, sur le carrelage.

«Putain, comment j'ai atterri dans ma salle de bains? Qu'est-ce que vous foutez là? Mélanie... Mélanie! Elle va répondre, la pouffiasse!

— Ça m'étonnerait qu'elle vous entende, c'est l'heure de *Star Trek*. Vous feriez mieux de nous écouter, monsieur Pleyers, nous sommes envoyés par la galerie *Antinéa*.» Jerry perdait patience. «Ça fait trois heures qu'on fait le pied de grue dans la rue pour vos beaux yeux, alors ça commence à bien faire.

— J'avais interdit qu'on communique mon adresse.» Les fesses baignant dans une mare qui s'élargissait à vue d'œil, l'homme ne perdait nullement son sang-froid. «Comment voulez-vous que je travaille si on sonne sans arrêt à ma porte?»

Quel aplomb! Jerry, furieux, explorait ses cavités nasales à vitesse accélérée.

«Dites à Pasquale que si ça se reproduit, je cherche un autre débouché. Le patron d'*Hermétisme* se fera un plaisir d'accueillir mes tableaux.

— Oh, oh, oh, OH, OH!» Le ton de Jerry escaladait les aigus. «La rigolade est terminée. On passe à l'atelier.»

Comme Pleyers commençait à le prendre de haut et à se débattre tel un forcené privé de camisole, Jimmy s'interposa avant que Jerry ne devienne violent. L'affaire exigeait du doigté.

«Excusez mon ami, la patience n'est pas son fort. Le marché que nous comptions vous proposer portait sur plusieurs millions de francs mais je vois que notre venue vous indispose. Ne vous dérangez pas, nous connaissons la sortie.

— Attendez un instant!» Le pigeon, nébuleux, mordait à l'appât. «Il fallait le dire plus tôt, je vous ai pris pour des journalistes à la con.

— En fait, l'armateur Attilio nous a chargés d'acheter quelques échantillons d'art contemporain pour sa résidence monégasque.

— Dans ce cas, je me ferai un plaisir de vous présenter mes dernières productions», hoqueta Pleyers. Les effets de l'alcool se dissipant, ses yeux gagnaient petit à petit une brillance de bon aloi. «Evidemment, elles sont destinées à *Antinéa* et j'ai cru comprendre que vos intérêts divergeaient quelque peu.

— Dix millions de francs lourds, monsieur Pleyers.

— C'est exactement ce que je disais : si votre offre me paraît raisonnable, je pourrais consentir à faire une infidélité à monsieur Pasquale. Vous savez, je n'ai pas signé de contrat d'exclusivité avec la galerie... Mais je parle, je parle, et vous semblez pressés. Suivez-moi. »

Trois fois, l'artiste essaya de se redresser, trois fois, il glissa comme un crachat baveux contre le flanc de la baignoire. Un sourire carnassier revenait sur les traits crispés de Jerry. Jimmy dut lui envoyer un coup de coude dans les côtes pour qu'il tende une main secourable.

Les trois hommes gagnèrent le second étage où ils se heurtèrent à une porte bleu outremer verrouillée par un cadenas à chiffres. Les doigts de Pleyers attaquèrent les minuscules molettes. Au bout de plusieurs essais infructueux, l'homme se mit à pleurnicher :

« Si quelqu'un voulait bien me donner un coup de main...

— Il nous faudrait le code, s'exclama Jimmy.

— Mary !

— Avec un i ou un y ?

— Mary avec un y.

— Je croyais que votre femme s'appelait Mélanie, railla Jerry.

— Vous avez déjà réussi à écrire Mélanie en quatre lettres, vous ? Mela, ça veut rien dire et ça me plaît pas. »

La porte grinça, libérant un parfum de champignonnière qui agressait les narines. La lumière du palier permettait à peine de deviner un théâtre figé de formes grises et amples.

«On dirait pas que vous y passez votre vie, dans ce cagibi!»

Sans répondre, Isaac Pleyers se risqua dans la pénombre. Froufrou de semelles, bordée de jurons, grincement de bois contre bois. Enfin, un rectangle jaune lavasse s'ouvrit dans un mur et l'atelier s'éveilla sous les rayons d'un soleil plutôt timide, coincé entre deux strates de plomb.

La pièce était d'une austérité spartiate, un vrai décor planté pour le tournage d'un feuilleton à petit budget. Quatre murs chaulés, un chevalet de bois supportant une toile vierge, un tabouret, un établi sur lequel une palette maculée avoisinait des tubes de gouache rangés en escouades, des chiffons tachés recroquevillés au pied du plan de travail. Une couche grise, uniforme, recouvrait l'ensemble.

L'odeur désagréable des pièces trop longtemps closes accentuait cette impression de local désaffecté. Des draps rapiécés planaient comme des voiles de mariée du siècle dernier sur des rangées d'objets mystérieux, et des idées de départ, de voyage, naissaient spontanément de ce désert factice.

Sous la fenêtre, deux toiles retournées exposaient leur bâti de bois clouté.

Jerry s'approcha des draps et tira. Un nuage de poussière s'éleva aussitôt pour éclater en particules dorées sous le soleil, formidable spectacle vite accueilli par un tout aussi formidable concert de quintes de toux.

«Voilà!» Isaac désignait les tableaux dévoilés

en se raclant la gorge. «Ceux-ci sont terminés et prêts à la vente.»

Il s'assit sur le tabouret. Ses doigts traçaient des signes cabalistiques sur l'établi. Jerry entreprit de retourner les toiles. Au fur et à mesure qu'il les alignait contre les murs, une chape funèbre paraissait s'abattre sur la mansarde, éveillant de douloureux échos sur lesquels le temps n'avait pas de prise. Le désespoir extrême qui montait de chaque détail, de chaque motif, tirait de la poitrine des soupirs qu'on retenait avec peine. Jimmy restait sans voix. Il se gratta la nuque, déboutonna son col de chemise, passa d'un pied sur l'autre. Il n'avait qu'une envie, fuir, fuir loin de ces enfers miniatures. Les oublier, tomber ivre mais les oublier. Il scruta le petit homme affalé sur son tabouret, dos courbé, dans l'espoir de saisir, sous la combinaison grossière, l'âme maudite qui avait animé le pinceau. Mais rien ne transparaissait dans la simplicité un peu vulgaire de l'ouvrier sidérurgiste.

Non! La piste ne pouvait s'achever ici, dans ce ridicule pavillon près de Dunkerque, dans l'anonymat abrasif des corons, sous un ciel étouffé par des larmes d'acier et de plomb. Poussière, oubli, médiocrité. Non! Le dernier zoom avant le générique de fin ne pouvait se refermer sur cet homme aux yeux vagues, tassé par sa cuite. Jimmy regarda Jerry. Ils se comprirent sans un geste. Ils avaient bien fait de se lancer sur la piste. Ce n'était que le début d'une autre histoire.

«Inouï, monsieur Pleyers. Ou doit-on vous appeler maître Vigarelli, puisque vous signez ainsi ? La richesse de votre imagination nous sidère. Où diable allez-vous pêcher de tels cauchemars ?

— Oh, vous savez...

— Quant à la technique, non seulement elle est irréprochable mais elle étonne. Comment obtenez-vous ce grain à la fois sec et pulpeux ? »

Pleyers se renfrogna, comme si ces détails futiles dénaturaient la qualité de ses œuvres, leur dérobaient un peu de poésie.

« Vinci n'a jamais dévoilé le secret du sourire de *La Joconde* et personne lui a sauté dessus. Alors, par pitié, plus de questions. Il existe assez de critiques de par le monde pour compliquer la vie des créateurs.

— Ne vous offusquez pas, maître. » Jerry entrait dans le jeu. « Et pardonnez notre légitime curiosité d'amateurs. »

Il ne fallait pas compter sur Jerry pour emballer la partie, d'autant que Pleyers, de son côté, ne semblait pas pressé de coopérer. Jimmy cherchait en catastrophe une idée pour relancer la conversation. S'ils persistaient dans cette voie, ils allaient aboutir à une discussion de salon sans intérêt.

« Tout cela est bien beau, mon cher Isaac, fit-il soudain, mais j'ai l'impression que ces croûtes ne reflètent pas l'apogée de votre talent.

— Vous trouvez ?

— Allons, maître, vous nous cachez le meilleur, n'est-ce pas ?

— Mais, mais... »

L'homme perdait pied, comme si l'alcool effectuait un retour en force dans son organisme.

Sans lui laisser le temps de respirer, Jimmy poursuivit :

«Nous n'oserions jamais rapporter à notre commanditaire des toiles d'une époque révolue. Votre période "fauve" a eu son heure de gloire, je le concède, mais c'était l'an dernier. Nous avons eu un aperçu de votre nouvelle orientation à la galerie de Pasquale. Elle met plus en valeur vos dons de structuraliste. Ce sont des bijoux de ce niveau que nous aimerions acheter. »

Pleyers tournait sur son tabouret, telle une girouette dans une soufflerie.

«Ah, vous avez remarqué… euh, mon changement d'orientation. Je suis flatté. Enfin, euh… Malheureusement, je ne garde ici aucune de ces dernières œuvres.

— Dommage, vraiment dommage. Nous étions disposés à vous accorder une avance confortable, nous tenons beaucoup à ces pièces. Puisque vous nous affirmez qu'elles ne sont pas disponibles, nous sommes désolés d'avoir perdu notre temps.

— Ecoutez ! Un arrangement est peut-être possible. Voilà ! J'ai mis quelques toiles en dépôt chez un ami. Je vous assure qu'elles vous plairont. Cependant, je vous demanderai une somme…

— Qu'il ne soit pas question d'argent entre nous ! »

Jerry avait sorti un chéquier qu'il vint déplier sur l'établi. Le stylo aligna un nombre confortable de zéros.

«Comme avance, bien entendu », souligna Jimmy avec un sourire en coin.

Pleyers saisit le chèque en tremblant, jeta un œil furtif sur le chiffre. Sa glotte se coinça un instant, il déglutit, puis rangea fébrilement la petite fortune dans la poche revolver de sa combinaison. Bien qu'un tic lui tendît la pommette droite, l'obligeant à jouer de la paupière, il réussit à ne pas bégayer.

« Marché conclu. »

Le moment de ferrer était arrivé. L'appât étincelait d'un éclat suffisant.

« La voiture attend dehors. Vous nous montrerez le chemin.

— Euh ! C'est-à-dire que… ce ne sera peut-être pas la peine de vous déranger. Je vais…

— Monsieur Pleyers ! Vous comprendrez aisément que nous ne pouvons pas nous défaire d'une telle somme sans garantie », insinua Jerry. « Nous allons vous accompagner chez votre ami et tout se passera très bien. Vous verrez. »

Les traits à peine calmés d'Isaac se teintèrent d'une désespérance si réelle qu'une larme d'ivrogne vacilla au bord de ses yeux.

« C'est impossible. »

Et Isaac s'interrompit net. Sans plus de justifications. Son cerveau embrumé ne tenait pas le coup et sa main remontait déjà vers la poche revolver où il avait rangé le chèque. Par réflexe, Jerry avait glissé deux doigts sous sa veste.

Jimmy devina aussitôt l'empêchement majeur, le blocage. Il intervint :

« Allons, Jerry, c'est à nous de faire un effort, je crois. Si monsieur se déclare prêt à nous livrer ses tableaux avant demain, dix-huit heures, peut-être pouvons-nous lui faire confiance ? Cet arrangement vous convient-il, maître ?

— Parfait, parfait. Ça tombe à pic ; mon dépositaire doit passer vers midi.» Pleyers rayonnait. Il adorait la lavande. «Revenez demain à l'heure de l'apéro. Mais avant, faut que je vous montre quelque chose.»

Il glissa de son tabouret pour prendre les deux tableaux qui dormaient sans protection sous l'appui de la fenêtre.

«Je fais vite, n'ayez pas peur.» D'une envolée de bras, il balaya la surface de la table, envoyant tubes, palettes, pinceaux, brosses voler à travers la pièce. «Laissez, laissez, je ramasserai… Approchez-vous. C'est un cousin, un bricoleur du dimanche. En tant qu'amateurs éclairés, que pensez-vous de son travail? Il débute, bien sûr, mais…»

Saoulés par l'avalanche de mots, Jerry et Jimmy examinèrent les toiles. Tout en parlant, Isaac en époussetait la surface de la manche.

«Faites pas attention à la poussière. Il y a longtemps qu'il me les a confiées. Alors, qu'en pensez-vous? Dites…»

La première peinture représentait un paysage d'automne. Une forêt. Un sentier couleur foin sec s'enfonçait entre deux rangs d'arbres indéfinis au pied desquels on avait peint des champignons. Blancs. Blanc pur. Sans cette touche surréaliste et le chemin qui paraissait ne pas toucher terre à l'aplomb des arbres, on aurait dit le genre de tableaux suspendus dans les asiles de vieillards. Ou d'aliénés. Une application quasi enfantine, pas un gramme de technique, pas une idée forte. Le second était du même acabit. On pouvait légitimement plaindre le modèle qui avait posé pour ce portrait. Yeux globuleux louchant sur un nez à la Cyrano, chevelure en pâte à modeler, cou de dinde. La dominante jaunâtre et grenue choisie pour colorer la peau laissait imaginer un sujet atteint du syndrome non répertorié de Wesley Spencer, version Technicolor, au stade ultime de la maladie.

Jimmy prit la parole pour empêcher Jerry de se lancer dans un dithyrambe sans nuances qui aurait pu passer pour exagéré, même pour un Pleyers.

« C'est frais. Vous avez là un cousin plein de promesses. Un coup de pinceau peut-être un peu allègre, mais dans l'ensemble, de la fermeté. Si, si. Certes, ses couleurs sont très particulières. » Jerry craqua :

« Vos champignons, là, on les croirait passés à la lessive.

— On risquait de pas les voir, vous comprenez. Dans la réalité, on s'emmerde pendant des heures à les chercher, je voulais pas...

— Un tableau pour ramasseur de champignons ! Qui plus est, myope ! Que demander de plus ? Ces pauvres bêtes brillent et, en plus, elles bougent pas. » Jerry en rajoutait, conscient du désarroi de Pleyers. « En fluo, ça aurait été plus pratique. Vous y avez pensé ?

— Jerry !

— En fluo, on pouvait les repérer de nuit.

— Jerry ! Vous savez, maître, Jerry adore se moquer. Sans méchanceté, bien sûr.

— Ouais, ouais, je disais juste ça pour rigoler. L'avenir de votre cousin est tout tracé. Félicitations.

— Notre chauffeur va s'impatienter. Excusez, Pleyers. N'oubliez pas, demain, dix-huit heures. »

L'artiste raccompagna les deux hommes sur le palier. En bas, la télévision giclait en gerbes d'argent sur la tapisserie du salon tandis que les haut-parleurs se prenaient pour une horde de pur-sang. Quand la porte d'entrée eut claqué sur les vestes à carreaux, Pleyers émergea de sa torpeur, tapa du poing sur la rampe et regagna la mansarde. Là, il prit les tableaux un à un, les retourna contre le mur et remit les draps en place. Il supprima jusqu'au dernier pli. Enfin, à pas lents, il gagna le tabouret et, la tête entre les mains, se mit à sangloter doucement au-dessus de l'établi.

En bout de course, les larmes éclaboussaient avec un bruit mat le sentier suspendu dans la forêt. On aurait dit des gouttes de rosée ou des petits lapins stylisés. Très stylisés.

III

DANS LE GOLD

1

Au début, l'idée m'avait paru lumineuse. Puisque les toubibs utilisaient le Dyxalium dans les centres spécialisés pour apaiser les cauchemars des irradiés, pourquoi ne pas l'importer dans le Red ? Bon marché et peu encombrant, ce médicament constituerait une excellente monnaie d'échange. Je ne m'étais pas trompé. Du moins pas tout à fait. Comment pouvais-je alors prévoir l'interaction Dyxalium / radiations Z ? La seule chose que je regrette en fin de compte, c'est d'avoir choisi Geronimo pour cobaye.

J'avais fini par tisser des relations particulières avec ce personnage hors du commun. Lors de notre première rencontre, je me souviens, il avait failli me faire sauter la tête. Son arme favorite est une fronde qu'il charge de billes d'acier. Le projectile a fait éclater la vitrine derrière moi ; je me suis jeté à plat-ventre sur le tapis de verre. Il a émergé d'une carcasse de Safrane incendiée en hurlant comme un marine à Okinawa :

« Bouge surtout pas ! »

Il s'est approché, il boitait bas. J'ai connu plus

d'un athlète soi-disant au sommet de sa forme qui aurait paru ridicule face à cet homme diminué, à la démarche de homard paralytique. Je lui donnais quarante, quarante-cinq ans, mais je le soupçonnais de frôler la soixantaine. Les militaires paraissent facilement dix ans de moins.

Il s'est agenouillé, m'a tiré les cheveux en arrière pour m'arracher mes Ray-ban évolutives. Quand je me suis redressé, il les avait chaussées et manipulait les réglages de grossissement. Je me suis avancé vers son ombre. Sans se retourner, il a dit doucement :

« Mon bras a dévié au dernier moment, j'ai eu peur d'abîmer la monture. »

Il laissait les néons jouer sur les tiges dorées. Il ne m'avait pas encore regardé dans les yeux.

« Tu t'appelles comment ?

— Jack... Jack Slinger.

— Quel nom à la con ! Moi, c'est Geronimo. »

C'est ainsi que j'ai connu Geronimo, ou plutôt Léopold Mercier, comme je l'ai lu plus tard dans son livret militaire, au fond d'un sac de marin, enseveli sous une poignée de médailles, de barrettes et de galons.

C'est ainsi qu'il est venu grossir mon cheptel d'esclaves, qu'il est devenu ma propriété, mon artiste. Chacune de mes visites dans le Red n'était plus que pour lui. Il m'avait fait confiance et prenait régulièrement les doses de Dyxalium que je lui livrais. Les premiers temps, la fréquence des crises avait diminué, au détriment de leur intensité, et cette solution le satisfaisait. Aussi avait-il continué à me demander de l'approvisionner.

En échange, je piochais dans son atelier les

peintures qui me paraissaient vendables. A l'image de ses frères du Red, un appel étrange le poussait à s'exprimer sur la matière inerte. Je n'ai pas connu un seul de ces parias qui échappât à la malédiction. Ils devaient créer, créer à en crever, et ils s'y attelaient comme si l'avenir de la Terre en dépendait.

L'art de Geronimo progressait indéniablement. En comparaison de mes autres poulains du Red, il avançait vite, très vite. Ses œuvres avaient dépassé ce stade qu'on appelle génie lorsque je me décidai à faire face à mes responsabilités. Non seulement la drogue agissait sur ses crises, mais elle amplifiait aussi, semblait-il, l'action des Z sur ses facultés créatrices. Vers cette époque, je résolus de me consacrer en totalité à ce cobaye pour lequel j'éprouvais une sympathie mêlée de remords. Hermann rachetait son travail au prix fort et le nom de Giornimo (dérive triviale destinée à l'inclure dans la mouvance néo-italienne) commençait à attirer les foules. Un seul étalon me suffisait puisqu'il gagnait toutes les courses.

Il avait établi son quartier général dans un vieux cinéma de la banlieue ouest, le *Saint-Agne*, dont il occupait, selon l'humeur, la cabine de projection, la salle, la scène ou les coulisses. Quand nous ne visionnions pas un film, nous avions pris l'habitude, Geronimo et moi, de nous affronter au-dessus d'un échiquier. C'est au travers de ce jeu que j'ai d'abord pris conscience des contrecoups du traitement. Stratège d'une rare lucidité, le vieux me battait avec une régularité d'automate. Le premier soir où il oublia d'occuper une colonne ouverte, je notai le fait sans y prêter trop d'attention car il termina la mise à mort avec sa maestria coutumière. Une autre fois, il échoua dans le mat de Blackburne et dut transformer un pion en reine pour me forcer à l'abandon. Je n'avais pas encore de raison de m'inquiéter ; ces accidents surviennent à n'importe quel joueur de club. Il suffit d'un moment de distraction ou d'un souci obscurcissant un court instant les capacités analytiques pour que le faux pas soit irréversible.

Mais je dus bientôt me rendre à l'évidence. Insensiblement, le jeu de Geronimo se dégradait. Il perdait la virtuosité des cavaliers qui le caractérisait et ses édifices de pions devenaient plus sensibles à mes attaques en diagonale, pourtant toujours aussi imprécises. Si bien que j'eus du mal à simuler la surprise la nuit où, finalement, il dut me concéder la victoire.

Je me rappelle sa réaction. Il a plongé son regard droit dans le projecteur qui éclairait la table de jeu. Puis il a rangé les pièces dans la boîte de palissandre avec un calme étrange, il s'est gratté le nez et a disparu derrière le rideau de scène. C'était la dernière fois que je voyais l'échiquier. Ce soir-là, je ne me suis pas attardé, je craignais une réaction violente.

De retour dans le monde des vivants, j'interrogeai mon beau-frère qui travaillait dans un hôpital ariégeois du côté de Foix. Que se passerait-il si une personne traitée au Dyxalium continuait à recevoir des Z ? La discussion que nous eûmes à ce sujet m'atterra.

« Suppose que tu te brûles. Si tu badigeonnes ton doigt d'huile, qu'est-ce que tu ressens ?

— Un soulagement léger, je crois.

— En effet. Imagine maintenant qu'au lieu d'attendre une cessation totale de la douleur, tu repasses ce doigt sur la flamme.

— Je présume que la souffrance revient, en dix fois plus fort.

— Tout à fait. L'huile sert à présent d'amplificateur. Tu n'as plus qu'à répéter l'expérience pour retrouver très vite ton doigt calciné. Je crois que j'ai répondu à ta question. Remplace le doigt par le cerveau, l'huile par le Dyxalium et le feu par les Z, ça donne à peu près la même chose. Quelque chose de pas très présentable, si tu veux mon avis. »

Longtemps, je n'ai pas osé revoir Geronimo. Dieu m'est témoin, j'ai souffert le martyre pour éviter le Red. Je me suis rabattu sur le pastis bon marché, sur les Gitanes, je me suis fait interdire à Biarritz et à Monte-Carlo. J'ai quitté le *Waldorf* et les filles-tiroirs-caisses, Greta, Marie et même Amarande la métisse, quitte à rêver jour et nuit de leur souffle tiède sur ma nuque, de leurs ongles sur mes reins. Cette manœuvre aurait pu réussir si le rêve n'avait irrémédiablement tourné au cauchemar, mes mains finissant par sauter des cuisses satinées de ces dames oniriques pour décalotter le crâne du pauvre Geronimo. La scène se déroulait toujours de la même manière. Je me voyais dans un premier temps dévisser la tête du vieux au niveau du front ainsi qu'une vulgaire lampe à incandescence. Puis enflammer une allumette que je laissais brûler un peu avant de la jeter négligemment derrière ses yeux de doux dingue. Une force vicieuse et incontrôlable me poussait alors à me pencher au-dessus de ce cendrier de chair et, malgré la nausée, à regarder la masse nerveuse de l'encéphale grésiller et se racornir.

Longtemps, j'ai supporté ces visions de cerveau calciné, ce spectacle hallucinant des scissures de Sylvius et Rolando transformées en fleuves de lave, mais la musique du carrousel infernal se faisait trop insistante. C'était inévitable. On me demandait là-bas, de l'autre côté du rideau pourpre, et je devais me plier à cette volonté inconnue. De sorte que, pour finir, je suis revenu au *Saint-Agne*, comme un gamin penaud, en courbant le dos. La musette pleine de Dyxalium.

Bien sûr, j'aurais pu m'enfoncer dans le Gold à la recherche d'un nouveau filon, mais on traversait l'époque magique où l'intelligentsia ne jurait plus que par Giornimo. Celle aussi où les premiers accès du mal secouaient ma pauvre caboche. En fait, outre la perspective d'un argent vite gagné, des sentiments obscurs m'attiraient vers le cinéma aux fauteuils poussiéreux. L'envie morbide de caresser le masque de ma mort sur les traits d'un étranger? Le magnétisme des perdants magnifiques? Ou simplement le besoin de prendre ma place à côté de mes pairs?

Trois mois étaient partis en fumée quand je me retrouvai face à Geronimo. Le vieux m'attendait dans l'ombre du hall. Quand il a entendu le ronronnement de la Matsushiba, il s'est avancé sur le trottoir. L'affiche lumineuse palpitait sous la couronne de spots. Le soleil rouge et flou d'*Apocalypse Now* lui irradiait les épaules.

« Je n'ai pas lu un seul livre de Conrad et je vais crever. »

J'ôtai le casque et lui pris le bras.

« Pourquoi tu dis ça ?

— Tu sais comment on vous appelle, ici ? Les charognards. Je te croyais différent des autres, Jack, mais je me trompais. Tant que la poule pond son œuf, vous vous foutez du reste.

— Je n'y peux rien si les Z te bouffent.

— Je ne parle pas de ça, Jack. Mais d'humanité. Dis-moi, as-tu pensé une seule fois depuis que tu me connais que j'étais quelqu'un comme toi ? Un homme, pas un monstre. Que je pouvais éprouver des sentiments, des regrets, peut-être même avoir une âme ? »

Entre mes gants, le casque tournait, retournait, ponctuant ses accusations. Je lui demandai, les yeux fixés sur ses rangers crevassés :

« Pourquoi tu m'as jamais flingué ? »

Il ne répondit pas, pas plus que je ne l'avais fait. A moins que…

« Tu as le Dyx ? »

Je sortis une boîte de comprimés de ma poche, la lui lançai. L'image de l'allumette dans le cerveau me poursuivait. Je songeai à ma propre tête posée sur le gril à combustion lente et je me surpris à espérer qu'une syphilis de derrière les fagots me permettrait d'échapper aux Z, et surtout à cet appel qui m'avait renvoyé sur la route du Red. Mais lui, qu'avait-il à espérer dans ce trou à rats ? De minables jeux de guerre pour lui rappeler le temps où il dirigeait la Troisième Aéroportée ? Le plaisir d'accrocher à son tableau de chasse un colonel délirant, bouffé par l'arthrose, qui se prendrait pour Patton ou Vercingétorix? A se demander pourquoi il ne s'était pas encore logé une balle dans la tempe.

«Jack, je suis désolé, tu es resté trop longtemps absent. Tu sais, j'ai allumé le cinéma tous les soirs.»

Je l'imaginais, assis près de la machine à popcorn, à guetter les bruits de la nuit tandis que la voix de John Wayne descendait les allées vides dans son dos. Ses inquiétudes d'amoureux me touchaient d'autant plus que ses yeux semblaient déchiffrer mes tourments comme s'ils étaient affichés sur mes rides.

«Montre-moi tes derniers trucs.»

Il ricana.

«C'est vrai, tu n'es pas venu pour m'entendre radoter. Vas-y tout seul, tu connais le chemin. Après, tu lanceras la bobine, je serai dans la salle.»

Il s'enfonça à pas lents dans l'obscurité du hall, tel un plongeur attiré par l'abîme. Au moment où j'allais m'éloigner vers l'atelier, il refit surface pour cracher du bout des lèvres:

«Je n'arrive plus à allumer le projecteur.

— S'il est détraqué, compte pas sur moi...

— Il est en parfait état. J'y arrive plus, c'est tout.»

Je cherchai une réplique décente. Il avait déjà disparu, à nouveau englouti par les ténèbres.

La caserne de pompiers qui lui servait d'atelier et d'entrepôt se trouvait à moins de deux cents mètres du cinéma. Le bâtiment était illuminé comme un monument aux morts le Quatorze Juillet. Chez Geronimo, c'était son et lumière toutes les nuits. Dans le Red, il n'y avait personne pour réclamer les factures d'électricité.

Si les facultés créatrices du vieux avaient sombré autant que son intelligence, j'étais foutu. J'ouvris le portail à la volée. Les toiles brillaient sous les rampes de projecteurs.

Une véritable descente aux enfers. Pire que ce que j'avais jamais imaginé.

Il avait disposé ses œuvres chronologiquement. Si les premières conservaient le cachet du Red, ce macabre qui avait inspiré aux critiques anglo-saxons l'appellation de «*Despair Row*», à mesure que j'avançais, l'éclat du génie s'oxydait tandis que la dominante noire s'accentuait. Au point que les toiles les plus récentes ressemblaient à des barbouillages d'enfant autiste. Face à la spirale d'excréments plaquée sur un tamis obscur qui terminait l'exposition, je compris son ricanement : la poule avait trop encaissé de Z, elle ne pondrait plus.

Je fis un rapide calcul. Deux tiers des pièces étaient vendables, le reste, juste bon à effrayer les étourneaux. A raison d'un voyage par mois, je pouvais tenir un an si je me contentais de lots modestes. Il n'était pas question de pénétrer dans le Gold. Les traits ravagés de Geronimo, son regard baveux, éteint, m'offraient un raccourci assez cruel du trajet que j'emprunterais un jour.

Je préparai une dizaine de tableaux et appelai Phil par le talkie. Puis, l'esprit lourd, je regagnai le *Saint-Agne*. Le spectacle devait continuer. La cabine du projectionniste était éclairée par une lampe de bureau. Je montai et installai la bobine.

Assis à sa place habituelle, Geronimo me tournait le dos. Il paraissait dormir. Je me sentais dans la peau d'un capitaine guidant son vaisseau ivre dans la nuit, conscient de la charge d'âmes qui lui était dévolue, mais persuadé au fond du fond que l'océan se termine par une chute abrupte depuis le bord du monde.

Une fois le projecteur en route, je sortis griller une cigarette sur le trottoir. Quand je perçus le grondement du Saviem, quatre mégots jonchaient le bitume. J'avais eu le temps de broyer assez d'encre pour repeindre en noir tous les soleils viêt-congs de Francis Ford Coppola.

Il nous fallut peu de temps pour charger le premier lot de pièces et la moto dans la remorque. Phil s'agitait toujours autant dès qu'il mettait les pieds hors de son cercueil de plomb. On aurait dit qu'il marchait sur des charbons ardents.

Alors que nous repassions devant le cinéma, les pales des hélicoptères américains giflaient les haut-parleurs de la salle. Phil ralentit, me tapa sur l'épaule.

«On dirait que ton copain veut te parler.»

Bizarre. D'habitude, nous nous quittions sans un mot. A la lueur des feux rouges de la chenillette, la chevelure de Geronimo était noyée de sang. Il courait derrière nous, sa jambe folle en drapeau. Phil arrêta le camion. Je descendis la vitre.

«Jack, tu n'es qu'une charogne.» Le vieux criait dans la nuit. «Tu es allé à l'atelier, hein... tu y es allé. Comment tu l'as trouvée, mon expo? Tu l'as trouvée à ton goût, dis? Je pensais que tu passerais me dire un petit mot. Juste un petit mot pour me rassurer.

— Qu'est-ce que tu voulais que je te dise ? Que t'es foutu ? C'est ça que tu voulais m'entendre dire ?

— Pour l'amour de Dieu, ne me laisse pas couler comme ça. Tu ne vois pas que je m'enfonce dans le noir ?

— Faut bien partir un jour de quelque chose.

— Tu n'as donc aucune pitié ?

— Qui, moi ?

— Ça va, ne te donne pas la peine de répondre. Je sais que les vaches stériles, tu les envoies directement à l'abattoir. »

Le salaud ! Il venait de puiser l'image dans mon cerveau comme je le faisais parfois dans la tête de Phil.

« T'as que ce que tu mérites, mec. S'agirait quand même pas d'oublier les milliers de pauvres types que t'as rendus cinglés avec tes bombes de merde ! »

Cela m'avait échappé, car je m'étais toujours refusé à lui parler de son passé.

« Et en quoi serais-tu moins responsable que moi ? Hein, en quoi ? Ce sont les préjugés des Monsieur Jack de ton espèce qui déclenchent les guerres. Nous, nous n'avons jamais fait qu'obéir. Le reste n'est qu'une question de moyens. » Il avait penché la tête vers les étoiles et hurlait : « Immondes vermines, si vous aviez eu un tant soit peu le sens de la justice, c'est le globe que vous auriez fait sauter ! Fallait vraiment être con pour ne pas voir que le monde entier est une poubelle. »

Il brandissait un poing haineux vers le ciel. Je n'avais jamais pris la peine de réfléchir au problème mais je sentais confusément que le vieux était dans le vrai. Les juges venus de l'espace ne s'étaient fiés qu'aux apparences. Mais au bout du compte, qu'est-ce qui me différenciait d'un Geronimo? Ils n'avaient rien compris à rien, ces inconnus dont les vaisseaux avaient sillonné notre ciel au lendemain de la guerre. Ils avaient puni les chefs de la meute pour la seule raison qu'on leur avait demandé de sortir les crocs. Une justice aussi foireuse, ils pouvaient se la garder. Dans le genre, la nôtre n'était pas mal non plus.

«T'énerve pas, Gero. C'est vrai qu'on aurait mérité autant que toi d'être fourrés dans ce merdier.

— Tes excuses, tu peux te les foutre au cul. Je te hais, Jack. Toi, ton copain et tous les planqués. Parce que vous ne lèverez pas le petit doigt pour nous sortir de là, je vous maudis. »

Il avait raison. J'aurais dû agir la première fois que j'avais pris ce train infernal, dénoncer ces putains de camps de concentration. Maintenant, il était trop tard, je ne parlerais pas. Du moins, pas davantage que les autres.

«Vas-y, Phil, roule. »

J'avais beau me réfugier derrière les autres, derrière tous ceux qui passaient la frontière et restaient muets au retour, les accusations de Geronimo avaient touché cette zone trouble où les coups les moins assurés font un mal de chien. Combien de temps cet enfoiré avait-il passé à fourbir ces foutus arguments?

«C'est ça. Tire-toi, pourriture.

— Va crever au diable, Gero !

— Je te chaufferai la place, eh, connard ! En attendant, t'as intérêt à t'accrocher à tes cauchemars. Parce que, demain, le monde risque de hurler. »

Plus le camion s'éloignait, plus il forçait sa voix. Il trottinait à présent. Les feux arrière l'avaient à nouveau transformé en écorché vif. Pour la première fois, son infirmité me touchait. Dans le rétroviseur, je le vis s'arrêter soudain, sans doute conscient de l'inutilité de ses efforts. Puis, bizarrement, se mettre à tourner sur lui-même, bras tendus. Jusqu'à ce qu'une forme sombre se détache de la toupie humaine, volant dans notre direction. C'est alors qu'un choc terrible ébranla le camion. Phil donna aussitôt un coup de patin. Je me penchai par la portière.

Sur l'asphalte, un marteau de forgeron. A côté, l'enjoliveur de la roue droite, béant, écartelé comme une tulipe d'argent. Je frémis à l'idée que le vieux avait seulement voulu nous effrayer. Il aurait pu tout aussi bien glisser un bâton de dynamite sous l'essieu pendant qu'on chargeait le camion. Mais après tout, pourquoi m'aurait-il offert une mort douce alors que celle qui me guettait, semblable à la sienne, le satisfaisait amplement ?

Les mois suivants, je revins lui rendre visite pour vider le stock. Il ne fut plus question de cette soirée ni des propos que nous y avions échangés. Ses capacités intellectuelles s'éteignaient insensiblement ; il s'était résigné. Il avait abandonné tout espoir de maîtriser le projecteur et les murs du cinéma ne renvoyaient plus l'écho des fusillades d'Alamo. La Dame de Shanghai, les Cavaliers de l'Apocalypse, l'Homme au Masque de Cire avaient déserté l'écran du *Saint-Agne* pour hanter d'autres salles. Geronimo persistait cependant à changer chaque nuit l'affiche et les photos de présentation, et je le trouvais souvent, le nez contre la vitrine, perdu dans le désert de Paris, Texas, parmi les étoiles de 2001 ou sur le lac gelé de Tchoudsk que transfiguraient les serpentins lumineux.

Dans sa tête à l'envers, le film devait défiler autour de ces jalons figés par le temps. J'enviais parfois ses projections privées, mais quand, l'instant suivant, je le voyais s'y reprendre à deux fois pour ouvrir une porte, la jalousie s'estompait aussitôt. Il continuait à peindre au cours de ses crises. Tout était à jeter. Encore avait-il la chance de ressentir les prémices du mal, ce qui n'était pas mon cas. Il me tombait dessus à l'improviste, comme ces orages de mars qui éclatent dans l'azur le plus pur, et je devais courir m'enfermer à double tour si je ne voulais pas qu'on me traîne illico dans une cellule capitonnée.

Philippe et moi nous entendions de moins en moins. Il me reprochait à juste titre de ne pas pousser jusqu'au Gold. L'état de sa femme Emma empirait et il ne savait où se tourner pour se procurer les sommes énormes que nécessitait son traitement. J'étais dans la misère jusqu'au cou, mes amies baptisées au champagne passaient sans me voir, jugeant mes complets trop élimés. J'en étais réduit à fréquenter les bas quartiers pour satisfaire ma libido et, en longeant les murs lépreux, parmi les poubelles renversées et les chats de gouttière hystériques, je regrettais le temps où je piochais une adresse dans mon calepin, soulevais le combiné et convoquais une sirène de rêve descendue tout droit du paradis. Ça, c'était la classe. A présent, je rentrais, les mains moites, dans une chambre sordide qui puait la naphtaline et la violette pour me coucher sous une pin-up de calendrier piquetée de chiures de mouche.

J'allais craquer, ça ne pouvait pas durer.

2

La Matsushiba vrombissait dans les faubourgs de Toulouse, évitant en souplesse les épaves. Comme toutes les nuits, les lampadaires jetaient un éclat froid, catapultant mon ombre sur les platanes. Feu rouge, feu vert. Inconscients du vide qui les entourait, les mécanismes poursuivaient leur tâche d'automate. Si la ville avait été abandonnée par ses habitants réguliers, ainsi qu'en témoignaient les fenêtres noires des immeubles et les garages ouverts comme des fours à pizza, elle avait gagné de nouveaux locataires qui préféraient aux grands ensembles les villas décrépites avec jardin en forme de jungle.

Ces étranges individus, je les croisais parfois, silhouettes imprécises trahies par un néon. Après une courte période d'adaptation, ils n'avaient pas tardé à découper la cité en territoires, à dessiner des frontières, à lever des troupes de rats ou de chiens, à construire des bunkers et creuser des tranchées au milieu des parcs. Le naturel revenait au galop, il fallait qu'ils se posent en conquérants plutôt qu'en victimes. Leur inconséquence me révoltait. Lorsque je les voyais reculer dans l'ombre d'un couloir, ramper sous le ventre d'un camion désossé, je les imaginais, cafards à l'écoute de la nuit, immobiles derrière leurs sacs de sable au cœur des caves retranchées. Dès qu'ils m'entendaient, ils devaient pâlir, serrer la barre d'acier qui leur servait de sauf-conduit dans cet enfer depuis que les armes plus sophistiquées avaient été détruites par les envahisseurs. Puis, curieux, ils devaient se risquer dans leur labyrinthe de pièges jusqu'à une lucarne d'où ils bavaient de haine en me regardant passer, moi, le charognard, l'ange des ténèbres, le messie tant attendu.

Sans nous, ils étaient isolés sous leur bulle. Une simple indiscrétion pouvait les libérer, certes, mais avec le temps ils avaient appris à nous connaître et, comme Geronimo, savaient au plus profond d'eux-mêmes que nous ne parlerions pas. L'espoir avait décru, mais tant qu'il resterait une petite lueur au fond du gouffre, ils se contenteraient de nous détester et nous pourrions évoluer dans leur monde sans trop de risques.

Je rencontrais bien parfois quelques têtes brûlées qui avaient gagné leurs galons dans les soubresauts de la France coloniale, mais la plupart avaient grillé en essayant de nous suivre à travers le Cercle Rouge. Poussés par la faim, les survivants s'étaient repliés vers les faubourgs au fur et à mesure que les épiceries se vidaient, à moins que la folie qui leur taraudait le cerveau ne les ait jetés vers le Gold comme des mites sur une lampe à gaz.

La route serpentait en suivant les méandres de

la Garonne. Le fleuve n'avait pas changé. La lune créait par instants des entonnoirs de vif-argent au creux des remous. Les quinze cents centimètres cubes grondèrent sous mes cuisses lorsque j'attaquai la rampe qui grimpait à l'assaut des coteaux de Pech-David.

Au dernier lampadaire avant l'embranchement, un pendu m'attendait. Le vent luttait pour ébranler le corps, mais seuls les pans de son uniforme noir de général trois étoiles se pliaient à ses caprices, imitant des ailes de corbeau. L'homme avait dépassé les quatre-vingts ans. Sous les yeux clos, la bouche édentée chantait dans la brise.

Ce spectacle macabre se vulgarisait à l'approche de l'hiver. Les vieillards surprenaient les menaces de mort flottant sur la tombe de l'automne. Comment, ébranlés par les coups de boutoir d'une crise, résisteraient-ils au froid, à la neige ? Ils tomberaient, flocons parmi tant d'autres, sur un trottoir mouillé. J'eus la vision prémonitoire de milliers d'ombres blanches et ridées coulant comme des montres molles au bout de leur chaîne, le long des avenues de givre.

Le jour viendrait où les derniers prisonniers seraient trop vieux pour survivre. La moyenne d'âge dans le Red devait approcher les soixante-dix balais. La zone n'était plus qu'un gigantesque mouroir peuplé de génies apocalyptiques rêvant de combats, de sang, de revanche ou de pardon.

Une file de réverbères éteints ponctuaient la descente sur Rangueil. L'activité des combattants devenait plus anarchique et plus intense à l'approche de la ceinture commerciale. Je me surpris à lever le pied. Le convoi du Syndicat avait sans doute déposé des éclaireurs non loin de là et les voies d'accès au Gold se raréfiaient au fur et à mesure que les dingues dressaient des barricades.

Témoins d'une étrange Saint-Barthélemy, les grosses croix blanches peintes sur les portes me rendaient nerveux. Durant la petite semaine coincée entre le désastre et la condamnation des zones Z, les services de la S.D.P. (Secours / Décontamination / Police) avaient fait du bon boulot, évacuant de manière systématique les blessés incapables de marcher, les quelques récalcitrants insensibles aux pulsions émises par les extraterrestres, ainsi que les pillards revenus entre-temps malgré les radiations et la menace azur accrochée au ciel. Les innocents ! Pouvaient-ils deviner que, sitôt qu'ils auraient le dos tourné, une poignée d'hommes seraient transférés, que dis-je, téléportés, dans le cercle de mort et bouclés derrière le rideau rouge ?

Des portes battaient et les claquements se répercutaient, déchirant la toile monotone tissée par le moteur.

Enfin, j'atteignis le chemin de fer et sa gare de brique rose. J'évitai le tunnel, lui préférai la voie piétonne qui glissait doucement le long des boutiques. Les spots du *Saint-Agne* étaient éteints, la rue déserte. Je continuai jusqu'au monument aux morts et camouflai la machine derrière la stèle. Quelque chose clochait.

L'issue de secours du cinéma était cadenassée. Je fis le tour du pâté de maisons au pas de course. Devant moi, des troupes de rats giclaient en étoile pour se regrouper tout aussitôt dans mon dos. Ils avaient déjà compris que, bientôt, ils seraient les seuls maîtres du Red.

L'affiche n'avait pas changé depuis ma dernière visite. Cuissardes noires, rose rouge, pistolet à crosse ronde. *Barry Lyndon*. Sur la pointe des pieds, j'enfilai le couloir sans quitter des yeux la cage de la caissière. Une série de grondements sourds me parvenaient nettement de la salle. Je me jetai sous le tableau électrique, levai une main vers le commutateur principal. La poignée en bakélite claqua, ressuscitant les projecteurs de la scène. Aucune réaction. Ils voulaient que j'aille les chercher. D'accord! Mauser au poing, je poussai à toute volée le battant rembourré avant de plonger entre deux fauteuils. Une horde de chats malingres me courut sur le corps en sifflant.

Il n'y avait qu'eux dans le cinéma. Attiré par une odeur atroce, je grimpai jusqu'au réduit de projection. Le projecteur avait été basculé de son socle et fracassé à coups de masse. Les bandes, déroulées, nageaient dans l'urine et les excréments. Des boîtes de conserve avaient explosé contre les murs et des traînées de sauce poisseuse y dessinaient des pieuvres répugnantes. Seigneur, que s'était-il passé? Cérémonial satanique, règlement de comptes ou vandalisme gratuit? Ce ne pouvait être que l'œuvre d'un dément. Je frémis en songeant au regard de Geronimo qui se vidait lentement au fur et à mesure que ses capacités mentales et physiques déclinaient. Je pris un bâton de craie et traçai sur le mur:

Laisse tomber le Dyx
Il te fout en l'air

Jack.

Mon acte gratuit ne me soulagea guère. L'avertissement venait trop tard, il ne concernait que les éventuelles réserves qu'il aurait pu se constituer. De toute manière, le pourvoyeur ne passerait plus.

Je gagnai l'atelier, par acquit de conscience. La troupe de chats, yeux dorés, griffes claires, me dévisagea avant de regagner le cinéma. Un rai de lumière passait sous le portail de la caserne. J'entrai, étonné de voir si peu de lumières allumées. N'empêche, dans le silence, les ampoules semblaient des reproches incandescents. Je criai :

« Geronimo ! »

Son nom escalada les étages. Je décidai d'explorer le bâtiment, la peur au ventre. Au premier palier, je contactai Phil.

« Oui ?

— Je suis chez Gero. J'arrive pas à mettre la main dessus.

— Joue pas au con, t'as déjà foiré cinquante minutes. C'est que le début, Jack. Y a le Gold, derrière.

— Il a dû lui arriver quelque chose, faut que je le trouve.

— Tu crois que c'est le moment de te payer une crise de conscience ? Ça fait trois ans que tu bourres ce mec de drogues. Alors, joue pas à la gonzesse, mon vieux, et fonce. J'attendrai pas. »

Je coupai le talkie. Mon instinct me poussait

au second étage. Je retrouvai Geronimo dans une vaste pièce aux murs beiges, un vestiaire. Il devait s'y être installé pour travailler. Il avait choisi de partager la solitude des uniformes de cuir. Les casques de pompier, alignés sur une longue étagère, me renvoyaient autant d'images de l'ampoule. Autant d'yeux de cyclope aux aguets.

Sous le chevalet, près du tabouret renversé, le corps. La tête reposait sur un bras comme s'il s'était allongé pour dormir. Une fleur pourpre lui ornait le menton et un essaim de mouches noires oscillait autour des lèvres, des narines et des yeux. Je faillis lui vomir dessus tellement la puanteur était insupportable. Comme pour mieux m'accuser, une boîte de Dyxalium dépassait de sa poche de chemise. Avant de me relever, je balayai le nuage de mouches qui s'obstinait à lui picorer le visage et en profitai pour lui fermer les paupières.

J'allais quitter la pièce lorsque mon œil accrocha la toile de petites dimensions qui avait roulé sous une table. A l'image du décor, elle attendait. Un cadavre attend un office, une sépulture, une résurrection. Une pièce vide attend l'étranger qui passera son seuil. Les uniformes flasques et les casques attendaient, qui un corps, qui une tête de pompier. La toile, elle, attendait un regard.

Elle réussit là où le cadavre avait échoué. Je fondis en larmes. Le dessin était tracé à la gouache noire sur un fond de terre de Sienne brûlée. Simplifié à l'extrême : cercles, barres maladroites.

Dans le coin droit du tableau, un enfant blême

couché sur un lit. Il tient à deux mains un revolver tendu vers un ciel planté d'étoiles. Parmi les piqûres d'argent, un cœur de la même couleur. On se rend compte que le gosse est en train d'abattre les étoiles: certaines sont tombées au pied du lit, trouées d'une balle en plein centre. On devine qu'un jour ou l'autre le gamin visera le cœur, ce cœur qui, sans aucun doute, est le sien.

Le lit était un lit de mort, cette évidence me bouleversait. D'un geste brusque, je retournai la toile contre le mur comme la photo d'un disparu et quittai la caserne. Je n'eus pas la présence d'esprit d'éteindre les lumières. Je savais pourtant que les morts préfèrent la nuit.

3

Pouvais-je me reprocher la mort de Geronimo ? Je n'avais fait que pallier sa nature timorée qui lui interdisait de gagner le Gold.

Dans l'idiome des searchers, le Gold représente la zone d'impact des bombes Z, là où les radiations sévissent à leur intensité maximale. Entre le Gold et le Red, personne ne peut décrire la frontière, elle se devine. Pas de rideau d'or, pas de gardes, pas de Hindley, mais une oppression, des ruines plus convaincantes, un champ de cratères, une aura de terreur inassouvie. Dans le Red, les radiations ont beaucoup perdu de leur puissance originelle. Au-delà de la Périf, ou Cercle Rouge, il y a le Black, le champ arasé, inoffensif mais interdit par le gouvernement. L'anneau de pancartes dissuasives survolé à intervalles réguliers par une escadre de surveillance humaine constitue le Cercle Noir.

Le Dyxalium avait conféré aux radiations douces du Red l'intensité du Gold, et Geronimo, en atteignant les sommets, n'avait jamais eu l'impression de se sacrifier à son art. L'argument spécieux tournait sous mon crâne mais il m'était impossible d'occulter la véritable raison de cette expérience. J'avais peur du Gold! Par l'artifice du Dyxalium, j'avais récupéré des œuvres dignes de ce territoire sans y avoir jamais mis les pieds.

Un coup de cloche solitaire résonna dans l'air froid. Les horloges des églises et des mairies balbutiaient encore en automatique, il était trois heures et demie. L'avenue se transformait en un puzzle d'ombres et de lumières sur lequel dormaient des véhicules retournés, telles des coccinelles géantes prêtes à ouvrir leurs élytres pour se redresser. Le verre allumait des étincelles sur cet échiquier baroque.

Je dépassai la place du Parlement. J'allais m'engager sous les Ponts Jumeaux lorsqu'une balle siffla à quelques centimètres de mon casque, aussitôt suivie par une douleur incandescente dans l'avant-bras.

Freiner, déraper, coucher la moto, roulé-boulé sur l'épaule gauche / le tireur est embusqué sur le pont / si tu t'arrêtes, il te tire comme une pipe en plâtre / continue, glisse sous l'arche / enfin, le double fracas des détonations / tu vas vite, c'est bien, ne lui laisse pas le temps de t'ajuster, ferme l'angle de tir / une fois sous le tablier, la partie sera plus équitable / pas de danger à l'ombre des piles / résiste à la douleur.

Le choc mat du casque contre l'asphalte précéda de peu le tonnerre de la Matsushiba percutant la carcasse rouillée d'une Estafette. Après avoir encaissé le gros de la secousse, la roue avant, voilée, tournait en pleurant.

J'avais réussi à atteindre l'abri du tablier.

L'autre con devait être penché à la rambarde, juste au-dessus, prêt à me truffer de plomb si je montrais le bout du nez. Nous nous dirigions vers un pat alors qu'il me fallait forcer le mat. Le temps jouait contre moi, je bouffais du Z concentré à chaque seconde.

Au loin, une meute de chiens sauvages se mit à hurler. De véritables loups. La nature reprenait ses droits. J'inspectai la blessure ; elle saignait abondamment. Le blouson de cuir était tranché net, un liquide poisseux humectait les lèvres de la déchirure. A mon avis, la balle avait traversé le muscle sans toucher l'os ni l'artère. Une chance inouïe.

Je rampai sur un coude jusqu'à la flaque de lumière délimitant la zone accessible au tireur. A chaque traction, des pulsations me parcouraient le bras pour se répercuter dans ma poitrine sous forme de secousses électriques. Je fus tenté de prendre un comprimé de Dyxalium. Une sacoche déchirée avait semé une rivière de plaquettes argent le long de la trajectoire de la moto. Au niveau du troisième étage du commissariat qui donnait sur les ponts, un réverbère me décochait des flèches pourpres dans les pupilles.

Le salaud devait être à l'affût. Mon instinct me disait qu'il travaillait en solo. Je poussai un caillou au-delà de la limite. La balle fit voler quelques gravillons. Si je voulais m'en sortir, à cet instant, j'aurais dû me trouver de l'autre côté du pont. Mes idées s'ordonnaient avec précision, refoulant la sensation de flottement induite par l'accident. Je ramassai une pierre, me relevai et la lançai vers le nord. Rien. L'homme devait être en train de traverser le pont juste au-dessus de moi, pour se rapprocher de la source du bruit. Je lui laissai deux minutes avant de jeter une nouvelle pierre. Discipliné, il tira. Je me précipitai au sud en priant pour que mon intuition ne m'ait pas trompé. S'ils étaient deux, je n'avais plus qu'à recommander mon âme au diable.

Il était seul. Je pris position derrière une carcasse de Testarossa. Au bout de mon poing gauche, le Mauser balayait la rambarde. D'ici quelques secondes, le Syndicat allait compter un membre de moins.

La surprise me fit manquer ma cible, une tête de mort affublée d'une longue barbe et d'une chevelure de neige. Le coup parti, le visage spectral avait disparu. Un vieux! Un prisonnier du Gold! Comment s'était-il procuré l'arme à feu? Il me le fallait vivant.

Je courus jusqu'à l'endroit où le pont soulevait la chaussée pour l'emporter dans les airs. Deux coups de feu supplémentaires furent nécessaires pour dissuader le vieux de me faire la peau. Profitant de l'abri des véhicules, je poursuivais mon avance. Les lampadaires illuminaient le bitume comme une piste de cirque et mon ombre indiscrète dessinait une étoile noire autour de mes pieds mais, semblait-il, l'autre enfoiré m'avait perdu de vue. Je n'étais plus qu'à une trentaine de mètres de lui quand l'avertisseur du talkie s'enclencha. Pas maintenant, bon Dieu! Pas maintenant. La sonnerie devait s'entendre dans tout le carrefour.

C'était foutu. J'étais repéré, ainsi que se chargea de me l'apprendre la salve qui foudroya l'essieu de la Triumph derrière laquelle je venais de me coucher en catastrophe.

«Jack, mais qu'est-ce que tu fous? Il te reste plus que trois quarts d'heure.

— Je suis dans la merde jusqu'au cou. J'ai un bras en compote et y a un gus qui insiste pour me bousiller le caisson.»

Malgré le danger, l'appel du roadrunner me réconfortait. A deux, nous n'aurions fait qu'une bouchée du tireur. Mais, mais... l'idée était géniale. Je chuchotai quelques directives dans le talkie avant de le poser entre les sièges de la Triumph, volume poussé au maximum.

J'attendis que la voix de Phil fît vibrer la membrane de Bextrène pour me décider à bouger.

«Eh, vieux, jette ton flingue!»

Les mots éclatèrent dans la nuit comme des bulles de soda, sans distorsion. La qualité du talkie était remarquable, j'avais l'impression, en fermant les yeux, de sentir l'épaule de Phil contre la mienne. Le stratagème ne pouvait que réussir. La réaction du tueur ne se fit pas attendre. Une balle traversa la tôle du capot pour frapper le macadam, à trois mètres de l'appareil. Par le trou rond comme une pièce de cent francs, une étoile brillait. Je fis un vœu.

«T'es coincé. Ça sert à rien de tirer.»

Phil continuait de l'endormir. A la brève lueur soufrée de l'explosion de la cartouche, j'avais repéré la nouvelle position du gâteux. Par glissements furtifs, je rampai vers le Berliet d'où il me canardait. Mon bras, un champ d'aiguilles, ma blessure, un fer porté au rouge.

«Rends-toi, on te fera pas de mal.»

La voix du haut-parleur tentait de pousser l'autre à se démasquer. Une nouvelle rafale fit voler en éclats le tableau de bord du cabriolet. Pour camoufler ma progression, j'avais dû faire taire mon Mauser. Sans doute le vieux se posait-il la question : arme enrayée ou munitions limitées ? Dans les deux cas, il tirait pour déclencher une réponse.

La rambarde me servit de protection jusqu'à la benne. L'homme devait être embusqué derrière la cabine, le canon posé sur le pare-chocs. Les doubles roues arrière puaient le caoutchouc torréfié. Centimètre par centimètre, j'approchai l'œil du châssis. L'enfilade s'ouvrit soudain ; je reculai aussitôt. Il était bien là, un genou en terre, la tête inclinée contre le magasin du fusil. Ses longs cheveux blancs et raides recouvraient la crosse et l'épaule. Si l'autre, c'était Geronimo, j'avais affaire là pour le moins à Cochise ou à Sitting Bull. A croire que tous les Peaux-Rouges du monde — il n'en restait pas beaucoup hélas — s'étaient donné rendez-vous à Toulouse pour déterrer la hache de guerre.

Toute son attention était concentrée sur la voix lointaine que le vent déformait par vagues. J'hésitais à l'abattre comme le sale chien à foie jaune qu'il était et je cherchais un signal quelconque pour déclencher l'attaque. Les mots de Phil rythmaient le duel immobile, avec leur cadence, leur mesure, leur souffle. Ils ne signifiaient plus rien, pesaient sur nos doigts, sur nos réflexes comme autant de gâchettes prêtes à libérer la foudre. Ils flottaient dans mon esprit, ils m'hypnotisaient.

Cette seconde de distraction faillit me coûter la vie.

Je n'entendais plus depuis un moment qu'un torrent de syllabes sans signification lorsqu'un silence prolongé, absurde, me poussa à plonger, hurler, tirer. Le vieillard attendait, le fusil pointé sur ma poitrine. Ma balle, heureuse, lui fit sauter l'arme des mains; son coup partit dans le vide.

Malgré la souffrance qui animait des ballerines immaculées devant mes yeux, je le tenais en joue. Il finit par lever les bras. Mon esprit fonctionnait à pleine vitesse, analysant les instants précédant l'attaque. Pourquoi l'enfoiré avait-il quitté son poste pour braquer sa pétoire sur moi? Ma mémoire retrouva le dernier message du talkie et j'en perçus enfin le sens et les implications. «*Allons, sois raisonnable. T'es cerné. Y a un gars dans ton dos!*» Pas étonnant que le vieux ait pivoté.

Qu'est-ce qui avait poussé Phil à dévoiler ma position? D'une certaine manière, ce salaud venait de lui offrir ma tête sur un plateau.

«Où t'as trouvé ce tromblon?»

Muet, le vieillard persistait à tendre les bras vers le ciel comme un telem pour invoquer une puissance divine. Son attitude de patriarche m'irrita. Je lui fis signe de baisser les mains. Le fusil ne tirerait plus, le canon avait explosé.

«Foutu salaud, on aura ta peau. Jette ton arme!»

Je surpris un sourire léger sur le visage émacié du vieux. Sous la menace du Mauser, je l'obligeai à avancer jusqu'à la Triumph. Là, je récupérai le talkie et gueulai:

« Ferme-la, Phil. C'est fini. »

Le vieux fou sourit de plus belle. Beau joueur !
Il me fallait parvenir à un compromis le plus vite
possible. Mon bras blessé refusait d'obéir et je ne
pouvais me passer du revolver. Du moins pour
l'instant.

« Assieds-toi ! »

Je lui indiquai le siège déchiré d'un cabriolet.
Docilement, il obtempéra en se tenant les reins.
Ses yeux injectés de sang voletaient d'un point à
un autre sans se poser plus d'un instant sur un
détail. Ses tempes et ses joues étaient terri-
blement creusées comme si la chair avait man-
qué pour meubler les cavités du crâne. Le vent
s'engouffrait en force entre la capote et le pare-
brise, soulevant ses cheveux en une auréole d'un
blanc strié de jaune nicotine que soulignait sa
barbe en friche. Je lui jetai une plaquette de
Dyxalium pour l'amadouer.

« Quand la crise se pointe, prends un comprimé. Elles deviendront plus rares, tu verras. »

Un foutu cadeau empoisonné, une vengeance
basse et mesquine, mais mon bras en écharpe
valait bien ça. L'épouvantail avait saisi l'emballage métallisé, le tripotait, un filet de bave à la
jointure des lèvres. Il ricanait. Je lui dis d'arrêter. Il continua. Son rire de dément me tapait sur
les nerfs. Plus il riait, plus une fascination morbide me contraignait à le regarder. A sentir son
odeur de vieux, à renifler son treillis de clochard
médaillé imprégné de sang sec et d'urine, à écouter ses derniers chicots grincer. Je me voyais
vieillir à vue d'œil, comme dans un miroir, les
années me cassant une à une la nuque.

C'était insoutenable. Pour rien au monde, je ne voulais ressembler à cette petite chose ridée, sans cervelle, sur laquelle la mort avait déjà gravé ses initiales. Il n'était pas question que je reste une minute de plus sur ce pont fracassé, en compagnie d'un tel barjot. Je commençai à reculer, m'empêtrai dans un rouleau de barbelés sans doute échappé d'une droguerie, lorsqu'il saisit son front à deux mains comme s'il voulait empêcher sa cervelle de fuir. Ses yeux avaient brusquement basculé, révélant le réseau des veines sur les globes ivoire. Dédaignant le Mauser toujours braqué sur lui, il s'extirpa du véhicule, avala fébrilement un cachet et, malgré mes sommations, se mit à marcher vers le Grand Rond et son square mouillé. Je tirai un coup de semonce qui ne réussit qu'à réveiller la meute lointaine sans aucunement le dissuader. Finalement, lorsque je fus certain qu'il ne me jouait pas une scène de *La Traviata*, je me décidai à lui emboîter le pas.

Je marchais sur un nuage. La chance semblait enfin me sourire. C'était une crise, ou je ne pissais plus droit. L'homme me conduisait à son atelier et, pour peu que le Syndicat n'ait pas tout raflé, j'allais tomber sur une pépinière de merveilles. De quoi me retirer du métier ! Si on pouvait appeler métier cette course contre l'enfer.

Le vieillard avançait, courbé comme une créature de Wallace Wood élevée dans un marais ou un cimetière. Souvent, il resserrait sur son torse étroit la veste de laine passée par-dessus le treillis, qui lui pendait jusqu'aux genoux. Malgré sa démarche hésitante, il évitait avec habileté les jonchées de détritus et de gravats encombrant la chaussée. Nous dépassâmes l'arche de pierre du Jardin des Plantes pour longer l'ancienne faculté de Médecine. Façade de béton stratifié, trouée de hautes fenêtres à la romane.

Mon Cochise s'arrêta devant la porte monumentale, me jeta un regard transparent et bava de plus belle. Puis il se jeta contre le battant et s'enfila dans l'ouverture sombre. Les réverbères des allées Jules-Guesde traçaient un couloir diffus dans le vestibule pavé de marbre. Le monstre ne m'avait pas attendu, il avait déjà gagné la cour intérieure de l'école.

Je le retrouvai au milieu des pommiers nains, assis sur ses jambes repliées. La clarté douce-reuse de la lune et des astres veloutait le décor de platine mat. Au premier abord, le patio paraissait concentré sur le couple formé par la silhouette tassée en son centre et par un tumulus de glaise haut de deux mètres, bizarrement modelé, qui menaçait de l'engloutir à tout moment. Il fallait remarquer les gestes ronds du vieillard adorant la terre, paupières closes, pour se rassurer, car on eût pu croire un instant que l'inerte avait pris le pas sur le vivant.

Il s'était mis au travail sérieusement et ses paumes caressaient avec amour l'énorme motte d'argile. Son sourire d'idiot s'étirait, en parfaite harmonie avec les signes hermétiques que les doigts imprimaient sur l'argile sensible. Si l'on tentait de suivre les mouvements délicats mais puissants qui tassaient, courbaient, lissaient, creu-saient, piquaient, pinçaient, galbaient, il devenait impossible d'en saisir la finalité. Il fallait s'arracher à la terre et y revenir.

Je pris lentement conscience des compagnons du vieillard, debout, immobiles dans les ténèbres. Figés sous l'entrelacs des branches miniatures dénudées par l'automne déclinant, ils m'observaient. Je m'approchai de l'un d'eux à pas mesurés. L'homme de terre dressait ses poignets tranchés vers le défilé de nuages au pied de la lune. J'effleurai son corps, il me parut tiède. Peut-être l'argile avait-elle conservé la chaleur de l'après-midi… La morphologie des statues rappelait celle des humains mais s'en distinguait par une fluidité que j'aurais estimé la terre brute incapable de simuler. Et pourtant!

On aurait juré que, dans leur limpidité et leur tristesse, elles étaient nées d'une cascade. Ou plutôt d'un torrent de larmes, tant leur détresse transparaissait. Etait-ce la pesanteur et ses boulets invisibles qui les empêchaient de flotter à leur gré? Ces êtres venaient sans doute d'une contrée où une pluie perpétuelle clouait les vivants au sol de ses gouttes pesantes. Ils paraissaient si pitoyables qu'on aurait voulu s'ouvrir le cœur, y puiser un soleil et le leur offrir, l'espace d'une averse, pour qu'ils apprennent à nager!

Les yeux humides, je revins vers le centre de la courette. Les larmes me brouillaient la vue au point que je crus distinguer un tunnel iridescent qui descendait des cieux jusqu'au débile penché sur sa montagne d'argile. Il ne semblait pas en être conscient et chantonnait une mélopée sans paroles qui évoquait les amours moribondes, les prisons de chair et de sang, les enfants fusillés, les espoirs bafoués.

Diaphane, le lien avec les étoiles vibrait au-dessus de ses cheveux blancs de Cheyenne comme il devait vibrer au-dessus de tous les éphémères génies du Gold. D'où venait ce rayon magique ? La réponse gisait au fond de moi, au fond de l'espace, en tout cas hors de ma portée.

Une forme naissait entre les doigts du vieillard inspiré par le faisceau. Ce serait une créature à genoux, courbée comme un dauphin. Elle ne possédait encore ni tête ni bras. A intervalles réguliers, l'artiste plongeait ses mains dans une vasque pour humecter l'argile, la rendre plus malléable. Inlassablement, elles lissaient le dos de l'ébauche, le modelaient sans hâte. Le temps dormait sous ce patio ignoré du vent, entre ces arbustes hiératiques.

La sonnerie du talkie m'électrocuta. Je coupai la parole à Phil :

«On a touché le gros lot, tu peux amener le camion. Tu connais l'ancienne Fac de Médecine, près du Grand Rond. T'auras qu'à passer par la route d'Espagne.

— C'est bordélique ?

— Attends-toi à utiliser la herse et fais gaffe aux snipers, on dirait qu'y a des armes à feu dans le Gold. Gare le Saviem devant l'entrée principale et bouge pas.

— Allées Jules-Guesde, compte quarante minutes. Je vole. Ton bras, ça va ?

— Rien de cassé à première vue, mais je me demande si la balle a pas tranché un tendon.

134

— Tu peux le bouger ?

— Il veut rien entendre. Et en plus, il me brûle un max.

— T'inquiète pas, on verra ce qu'on peut faire avec la pharmacie de secours. A tout de suite ! »

4

Je me retrouvai seul, le bras en écharpe, près d'un cadavre ambulant parti pour un pays où la beauté fait souffrir, où les asticots vous creusent le cerveau pour y allumer des aurores boréales. Je revins dans le vestibule, essayai le circuit électrique, sans succès. L'ancien bâtiment craquait comme si les radiations le minaient au plus profond des fondations. J'avais le cafard. J'arpentai les couloirs longeant le patio en essayant de me remettre les idées en place. Tous les six mètres, un cintre de pierre s'ouvrait sur la cour. Les mains du fou clapotaient dans la vasque, mes semelles de crêpe glissaient sur les pierres usées, l'ambiance était feutrée, quasi religieuse.

Tel un moine dans un prieuré, j'avançais sans but, marmonnant des paroles imbéciles sur la mélopée du vieillard. Je berçais ma douleur, je l'endormais. Bientôt, la fatigue me cercla le front. J'avais perdu beaucoup de sang. Je poussai la première porte pour trouver un siège.

Une salle de classe, volets fermés, oppressante. J'avançais à tâtons lorsque je repérai trois ombres grises, postées dans les ténèbres. Silencieuses. Ce n'était pas le moment de jouer au héros. Je dégainai le Mauser et reculai d'un bond derrière l'embrasure. Immobiles, les silhouettes guettaient mon prochain mouvement. Les secondes s'éternisaient. Mon cœur battait au ralenti, mes sens s'aiguisaient.

J'étais ridicule. Ce n'était sans doute que des statues disposées çà et là pour meubler la solitude du vieux. Avant de me risquer dans l'obscurité, je m'assurai que la crise continuait. Pas de problème ; l'artiste travaillait toujours, sous le feu du projecteur astral.

Je ramassai un morceau de plâtre et le lançai en direction des formes diffuses. Le plâtre explosa contre une chaise avec un fracas assez puissant pour réveiller les morts. Aucune réaction. Je progressai entre les rangées de tables. Installée sur l'estrade, devant le tableau, l'une des statues me faisait face. Les deux autres me tournaient le dos, assises au premier rang.

Elles différaient étrangement des œuvres exposées dans le jardin. Massives, pataudes, à l'image de véritables enfants de la terre. Une odeur indéfinissable flottait dans la pièce, mêlée au parfum entêtant de la poussière. Le chant lugubre de l'artiste roulait en sourdine entre les murs de la salle.

Je tendis la main vers l'épaule de la statue la plus proche. L'argile était morte, froide. Par jeu, je posai l'arme, fermai les paupières et approchai mes doigts du visage. J'avais pratiqué ce jeu de l'aveugle pendant des mois au détriment d'une reproduction d'un buste de dryade sculpté par

Rodin, que j'avais trouvée sur le bureau de mon prédécesseur aux Assurances du Mans. Les aspérités de l'argile me gênaient mais je reconnus sans peine les proportions exactes d'une figure masculine. Au moment où je caressais une paupière, joyau de perfection, une croûte de glaise céda sous la pression et mon index glissa sur une surface lisse et molle qui était tout sauf de la boue séchée. Je poussai un cri d'horreur. Le contact était répugnant comme si j'avais touché une limace. Je combattis la vague brûlante de terreur qui menaçait de me submerger pour explorer à nouveau l'orbite de la statue. Pas d'erreur, c'était un œil qui roulait sous mon pouce, sec mais tendre. Un œil d'être vivant.

De toute la force de mon bras, j'abattis une chaise sur la monstruosité. Elle s'affala au sol avec un bruit de cruche brisée. Autour de la forme allongée, l'argile avait volé en tessons, dessinant une mosaïque abstraite à base de flèches dirigées vers le nombril. Je n'eus pas besoin de passer une paume sur le crâne pour me rendre compte que des touffes de cheveux pointaient sous la coque endommagée. Sans doute possible, un cadavre était enfermé dans le moule de terre cuite. Pour quel terrible cérémonial le fou avait-il disposé ces malheureuses créatures dans un décor aussi anodin ?

J'allais m'intéresser aux autres personnages lorsqu'un éclat léger attira mon attention sur la poitrine démantelée de la statue. Je m'agenouillai. Un rayon de lune allumait un reflet sur un badge métallique. Je cassai la gangue à coups de crosse et dégageai la plaque. Un S majuscule creusé d'un sillon garni de poudre de diamant! Je jouai rêveusement avec le sigle du Syndicat. Le mystère de la présence des armes à feu dans le Gold était résolu. Le vieillard s'était débarrassé d'un searcher du Syndicat pour s'emparer de son fusil. Un seul point me chagrinait encore. A ma connaissance, les gars de Gros Tim ne se déplaçaient jamais seuls derrière les Cercles.

Je retournai aux figures de terre assises derrière leur pupitre tels deux écoliers plongés dans un songe minéral. Il me fallut peu de temps pour confirmer ce que je redoutais : l'octogénaire avait aligné trois searchers d'un coup. Je n'osais imaginer l'intelligence diabolique qu'il avait dû déployer pour venir à bout de trois professionnels du baroud.

C'est alors que le silence me tomba sur la nuque comme le couperet d'une guillotine. La complainte s'était tue. Je me précipitai à la fenêtre. Le faisceau des étoiles avait disparu, avec lui, le vieux maniaque. J'ouvris la porte à la volée et courus au bout du couloir, Mauser au poing. Mon bras blessé cognait tel un pendule contre mes côtes, mais la souffrance ne m'atteignait plus.

A côté du menhir d'argile, une statue liquide me demandait pardon pour tous les péchés du monde. Sa tête oblongue fixait les galaxies avec une expression tragique qui incitait à s'abandonner à la nuit des abysses, à glisser sous l'océan, à couler sans rancune. Du visage, pur comme une goutte, se dégageait un tel charme pervers que j'aurais pu rester là des siècles, hypnotisé, si la douleur ne s'était remise soudain à me tenailler.

140

Je serrai les dents et regagnai l'abri de la galerie. La tête de mort à couronne d'argent me cherchait, je le sentais, et elle avait récupéré une nouvelle arme. Elle devait glisser sur mes traces tel un soupir macabre. Son corps frêle ne déplaçait pas beaucoup d'air, j'aurais du mal à l'entendre. Mon imagination fiévreuse me représentait le tueur, bave aux lèvres, rictus forgé sur l'os apparent des mâchoires, ouvrant lentement chaque porte.

Je n'étais plus un gosse, mais le croque-mitaine venait de pénétrer dans la maison. Avec lui, la sorcière des marais, le gnome sans âme dont l'ombre bancale courait sur les murs de ma chambre, les nuits où les platanes gémissaient sous la bourrasque. Ils étaient revenus, les bourreaux de mes jeunes années.

Courir ! Oui, courir vers la chambre de mes parents ! Eux seuls savaient comment lutter contre les monstres. Je courais, les jambes engluées dans du sirop, je courais mais je n'avais pas l'impression d'avancer. Enfin la porte était là. Je me jetai dessus, elle s'ouvrit... sur un bureau vide, doucement léché par la lune.

Seigneur, rendez-moi la raison ! Mon enfance m'a quitté et les morts-vivants n'existent pas. J'ai passé l'âge de jouer aux cow-boys et aux Indiens. Laissez-moi m'endormir dans un coin jusqu'à l'aube, et priez pour moi, pauvre pécheur, perdu dans l'enfer Z.

Je fis le tour de la pièce à tâtons pour constater que je m'étais réfugié dans la loge du concierge, près des grandes portes d'entrée en bois verni. Peu à peu, la réalité reprenait consistance et reléguait les cauchemars dans les placards obscurs de mon inconscient. Je n'étais pas sauvé pour autant. Dans les ténèbres rôdait un tueur bien vivant qui ne demandait qu'à faire un carton.

Que m'était-il arrivé? Est-ce ainsi que l'on sombre dans la folie, par petites touches, jusqu'aux terreurs les plus profondes de notre existence? Les malades mentaux revivent-ils à perpétuité ces moments cruels où l'enfance s'est sentie chavirer? L'homme n'aurait jamais dû s'attaquer au cerveau. Nul, actuellement, ne pouvait évaluer les répercussions de la guerre chimique sur les générations futures. Tous les effets des radiations Z n'avaient pas encore été répertoriés. On savait seulement qu'elles annihilaient pendant une période indéterminée toute volonté chez les sujets soumis à un bombardement intensif, mais les laboratoires n'avaient pas eu le temps de pousser les tests assez loin pour remettre aux autorités un rapport définitif sur la question. Que voulez-vous? La guerre n'attend pas.

Les services de propagande avaient bien essayé de réconforter les populations en affirmant qu'aucune anomalie n'avait été décelée chez les irradiés et leurs descendants, mais j'étais prêt à parier qu'ils mentaient. J'étais trop atteint moi-même pour nier plus longtemps les facultés nouvelles qui m'étaient échues depuis que je fréquentais le Red. Il m'arrivait de plus en plus souvent d'être l'objet d'alertes précognitives et de piocher des bribes de pensées chez mes interlocuteurs. J'en éprouvais une honte fugace, mais j'estimais équitable ce transfert de pouvoir qui contrebalançait les crises terribles qui me secouaient les tempes dès que je restais trop long- temps éloigné des Cercles.

Une fenêtre claqua dans la bâtisse. Survivre ! Survivre jusqu'à l'arrivée de Phil ! Avec un bras en moins, une connaissance fragmentaire des lieux, la roulette était truquée en faveur de la banque. Je m'accroupis dans un coin de la loge, sur un tas de gravats. Le Mauser couvrait l'unique issue, le temps courait pour moi. Tout était rede- venu silencieux.

Dehors, brûlaient les réverbères. Une araignée blanchâtre avait tissé sa toile dans un rai de lumière. Son abdomen disproportionné tressau- tait sur la structure élastique. J'aurais aimé ana- lyser le tracé de cette toile, le comparer avec le modèle réalisé en zone non irradiée. Etudier comment les mondes animal et végétal avaient réagi face aux Z. A première vue, rien n'avait changé ; les chiens hurlaient avec la même urgence, les araignées tissaient des artefacts mira- culeux et les cafards couraient sur les murs sans tracer de messages sibyllins. Mais au-delà des apparences…

Bien avant que le Saviem ne se fût engagé sur les allées, j'entendis le cliquètement caractéris- tique des chenillettes, perdu dans un grincement tonitruant de tôles froissées. Les épaves s'écar- taient devant la herse. Je glissai le long de la cloi- son jusqu'à ce que mon angle de vision englobât le portail. Si l'âge ne lui avait pas fissuré les tym- pans, le vieux devait s'être embusqué de manière à couvrir l'entrée. Comment avertir Phil ? Je n'aurais qu'à me démasquer, ouvrir le feu et

143

balayer le vestibule au moment où il pousserait la porte.

L'avertisseur retentit une fois, deux fois, trois fois. Je m'approchai de la porte sans me manifester autrement. Phil gardait le doigt sur le klaxon. Mon silence devait lui avoir mis la puce à l'oreille. Puis le moteur gronda sourdement et le véhicule s'ébranla. Le salaud, il me laissait en rade. Sur le moment, je ne pensai pas au talkie car un mouvement plus radical m'était venu à l'esprit : faire feu.

Au moment où mon index se tendait sur la gâchette, une tornade de feu pulvérisa le portail et une boule de chaleur et de lumière insoutenables s'engouffra dans le hall.

Je mis un certain temps à récupérer. La porte flambait, le décor, porté au rouge, dansait devant mes pupilles. Des brandons incandescents avaient volé jusque dans la loge et l'un d'eux était en train de grignoter le bas de mon pantalon. J'étouffai la minuscule flamme. Toutes les parties de mon corps non protégées par les vêtements me semblaient se fissurer sous l'action d'un acide torride. La cloison avait encaissé la majeure partie des calories, pourtant ma peau se couvrait rapidement de cloques douloureuses.

Le clavecin de Staline avait dévasté le vestibule, calciné les murs, boursouflé les vitres. Des lambeaux de flammes gisaient sur le parterre de marbre, crépitant comme des grillons affolés. Quant aux armatures des fenêtres, elles dessinaient des croix de feu que la bise faisait flotter tels des étendards sang et or. Entre les réverbères des allées, les projecteurs du half-track et les îlots de flammèches constitués par les résidus du portail, le hall flamboyait.

Une ombre gigantesque s'allongea sur le marbre, grossissant à chaque seconde.

«Jack?

— Planque-toi!» L'ombre disparut. «Le dingue s'est fait la malle et il est armé.»

Le géant de nuit revint s'encadrer sous le porche de pierre.

«Il était seul?» La voix de Phil respirait la confiance.

«Je crois, oui.

— Alors, c'est plus la peine. Tu peux sortir de ton trou.»

J'avançai le torse. La Winchester calée au creux du bras, les gants de mouton posés sur la crosse, Phil se dressait sous l'arche. Les langues de feu pendues aux restes du portail allumaient des incendies dans la brousse claire de ses cheveux. Ses traits réguliers et martiaux, soulignés par le jeu fluctuant des ombres, lui donnaient l'apparence d'une divinité du panthéon nordique. Ses yeux fixaient obstinément un point du hall. Je me relevai, les articulations craquantes.

Dans l'espace nettoyé par le clavecin, une forme noire, rabougrie, était déposée en gerbe au pied du mémorial de la Faculté. Quelques tourbillons de fumée s'en élevaient encore. A deux pas, un fusil de chasse avait explosé. Malgré tous mes efforts, je ne pus reconnaître dans la momie parcheminée le long vieillard spectral qui caressait sa barbe aux reflets d'ivoire. Seule la forme du crâne sous la peau calcinée entretenait un certain rapport avec le visage émacié de mon Indien.

«C'est pas beau à voir», soupira Phil, avant de reprendre d'une voix pressée: «Où est le matériel?»

Il était redevenu le chauffeur stressé pour lequel une seconde de Gold valait une année de purgatoire. Nous fîmes un large détour pour éviter d'attiser les flammes qui couvaient au cœur du cadavre. Je crus me trouver mal en pénétrant dans la courette. C'était la catastrophe. L'incendie avait atteint les pommiers qui flambaient comme des cierges. La glaise surchauffée n'avait pas résisté au brasier. Elle s'était fendue et les statues gisaient en morceaux sur le gazon en feu. Etait-ce vers cette fin horrible que les êtres fluides tendaient leurs bras depuis la Création?

«Fous le camp au camion! Il s'agirait pas qu'on nous le barbote!

— Faut que je voie ce qu'il y a à récupérer, maugréai-je. Avec le bordel que t'as foutu...

— Je verrai moi-même. De toute manière, tu ne m'es d'aucune utilité avec ton bras en rade. La pharmacie est sous la banquette. Si tu peux, ouvre les vantaux, que je commence à charger.»

En reculant, je trébuchai sur une tête. Le visage, sublimé par la rupture de la nuque, semblait tendu vers la réalisation d'un vœu. Il était d'un réalisme tel qu'à tout moment on s'attendait à voir sourdre des larmes de sang sous les paupières terreuses. Je ne pus résister à l'appel et l'emportai.

La herse tournée vers la bâtisse, le Saviem grondait, dans un halo de gaz d'échappement. Les allées, désertes, s'étiraient de carcasse en carcasse, de ruine en ruine. Il n'y avait que le camion de vivant dans ce décor taillé à l'emporte-pièce, le camion et les étoiles.

Je glissai la tête de la statue dans un nid de chiffons, sous le tableau de bord.

Il me fallut une force de caractère peu commune pour ôter mon blouson. Le cuir avait collé à la blessure et je manquais d'eau pour humidifier le sang séché. La douleur fut telle que je hurlai sans vergogne, du fond des tripes, les mâchoires serrées. Je desserrai les dents. Le sang s'était remis à couler de la plaie malmenée. Pas trace de balle, elle était ressortie. Quand je renversai la bouteille d'alcool sur la blessure, je crus qu'un torrent de lave m'emportait l'épaule. Ma chemise était à tordre et la sueur qui dégoulinait sur mes joues et mes mains réveillait les brûlures causées par le clavecin. J'étais salement amoché. Je trouvai enfin un sachet de tulle gras qui me servit à protéger les plaies.

Vu le remue-ménage dans mon dos, Phil se maniait le train dans la remorque. Sans doute enroulait-il les pièces dans les bâches... Il n'ignorait pas la fragilité de l'argile soumise à une chaleur inadéquate. Combien de créatures avaient survécu à la catastrophe ? La seule vision que j'avais retenue du patio me laissait peu d'espoir. Bien sûr, chaque statue valait son pesant d'or, mais les intermédiaires se sucraient sans vergogne. Je ne parlais pas d'Hermann. Le peu qu'il récupérait sur les ventes couvrait à peine les longues heures qu'il consacrait, après la fermeture du *Relais*, à l'organisation des expéditions.

C'est lui qui mariait searchers et roadrunners, lui encore qui distribuait les missions et tirait au sort les coordonnées du Hindley principal. Tous les matins, il guettait la rentrée des équipages. Son visage, vieilli à la lueur confuse de l'aube, me rappelait celui de Didier Daurat attendant le retour de Mermoz ou celui de Saint-Exupéry sur le terrain de l'Aéropostale. Puis c'était la séance de piqûres et il se transformait en infirmier. Souvent, avec le coton imbibé d'alcool, j'aurais aimé gommer les cernes qui alourdissaient ses yeux d'épagneul. Pour lui rendre les années que nous lui volions.

J'avais soudain envie de revoir sa bouille d'Irlandais et ses moustaches couleur de bière. Sa silhouette, aussi trapue que celle d'un docker, serait encadrée dans la porte vitrée du bar. La clarté des appliques aurait l'intensité surnaturelle de la lumière électrique lorsqu'elle lutte pied à pied contre la montée du jour. Dans mon imagination, le *Relais* prenait des couleurs de décor de cinéma, artificielles mais chaudes. Dans combien de temps y serions-nous? Deux heures trente, trois heures.

La ville, noire, cernée, aux abois, étranglait le Saviem et je devais lutter de toute ma raison pour repousser les murs qui se refermaient avec un bruit de briques concassées. Dépêche-toi, Phil, je n'en peux plus. Comme des girafes curieuses, les réverbères penchaient leurs longs cous et les platanes en deuil poussaient leurs branches, inquisiteurs, menaçants. J'oscillais au point mort de la tornade. Phil, mon esprit se barre! Je ne peux plus recoller les morceaux.

Des mouches tournoyaient sur les nuages ternes patinés par la lune. Des mouches énormes et pourpres comme celles qui suçaient les yeux de Geronimo, ceux des gars du Syndicat, du vieil artiste, de la momie calcinée. A présent, elles fondaient du ciel pour s'attaquer aux miens et je sentais le fourmillement de leurs pattes ignobles sur mes globes oculaires. Leur pompe velue s'approchait de mes prunelles pour sucer le liquide lacrymal, pour aspirer l'œil.

Aaaah !

La portière claqua, écrasant les mouches invisibles, repoussant la cité et ses mâchoires de pierre au bout de la nuit. Un instant de plus, je sombrais.

Merci, Phil, merci, mon Judas !

Le rétroviseur brillait de l'éclat doré de la Faculté en flammes. Face à l'incendie, la lueur des lampadaires défilait, anémique, froide. Phil conduisait en force, le masque des mauvais jours plaqué sur ses joues. On se retrouvait à la case départ. Je fis le bilan des dégâts : un bras hors course, des brûlures au second degré à la face, aux mains, et, plus grave, un cerveau à la Dali qui avait besoin en urgence de béquilles molles.

« C'est pas folichon, hein ? Combien t'en as récupéré d'intactes ?

— Trois. » Le chiffre tomba, sans appel. « Je compte pas les fragments divers que j'ai ramassés pour arrondir les angles. »

Je pouvais dire adieu à mes papillons de nuit en porte-jarretelles noir, au *Waldorf*, au champagne, à la *dolce vita*. Si je me maintenais au *Copacabana* jusqu'à la fin de mes jours, je pourrais m'estimer heureux. Avec un peu de chance, je dénicherais une rombière quinquagénaire qui m'entretiendrait quelque temps à condition que je colle les vignettes-bonus sur les boîtes de camembert et que je me coltine la bouteille de gaz tous les mois. Un doux dingue, ça attire la pitié.

Fait plus angoissant, je ne parvenais plus à distinguer ma trace parmi les faisceaux inextricables du futur. Les capacités ne me faisaient pas défaut, je les sentais aussi vives qu'au début du voyage. Mais une énorme barrière couleur de deuil bloquait mes investigations, quel que soit le chemin que j'empruntais. Et tels des ludions désemparés, mes prévisions rebondissaient contre ce mur de jais, captives du fameux effet de bord que les prescients redoutent plus que tout.

Une fois, une seule, cette nuit, alors qu'en pleine crise je me débattais avec les toiles et les caisses à l'arrière du Saviem, mon cerveau avait entrevu quelque chose au-delà de l'obstacle, une vision si parcellaire, si brumeuse que j'avais eu de la peine à y croire, mais qui avait suffi à me lacérer le cœur.

Toi aussi, Phil !

IV

DEUXIÈME PUZZLE

(Angle mort)

1

Sur l'aéroport de Nuova Roma, la température était anormalement fraîche pour une fin d'automne. Mais rien de comparable avec la tourmente de neige qu'ils venaient de quitter à Lincoln Airport. Roderic les attendait au pied de la passerelle. Il rayonnait. Après les civilités d'usage, il les précéda jusqu'à l'avion de tourisme qu'il avait affrété pour l'occasion. Le pilote, un Sicilien peu bavard du nom de Guido Beroni, les aida à entasser leurs bagages dans la soute.

« Avez-vous déjà survolé une zone Z à basse altitude ?

— Vous savez, répondit Laura, les lignes internationales passent souvent au-dessus des nuages. Sinon, quand le temps est clair, on distingue à peine une couronne brune autour d'une sphère de brume.

— Guido, faites un détour par Rome, s'il vous plaît. »

Le pilote acquiesça d'un signe de tête. Il souriait.

« Il me semblait que tous les gouvernements du

153

globe avaient interdit le survol de ces périmètres, s'inquiéta Oswald.

— Vous connaissez la situation politique de notre belle Italie. C'est le plus beau pays du bassin méditerranéen mais son gouvernement figure parmi les plus instables. Depuis plus d'un demi-siècle, les démocraties de tous bords se succèdent à une cadence effrénée sans relever d'un pouce la ligne de flottaison économique de la péninsule. Alors, imaginez! Voilà trente-cinq ans que les zones touchées par les radiations Z ont été bouclées. Combien de coalitions ont défilé pendant cette période? Qui parle encore de l'enfer Z de nos jours?

— Il est vrai que le monde s'est résigné à accepter ces verrues extraterrestres.

— Vous comprenez maintenant pourquoi, chez nous, les forces d'intervention ont été petit à petit retirées, puis démobilisées. D'ailleurs, la disparition subite des cadres supérieurs de la hiérarchie militaire lors de l'apparition des zones sous l'égide de nos visiteurs de l'espace a sonné le glas des interdictions proclamées au bout des baïonnettes. L'armée a vécu. On compte désormais sur le bon sens pour décourager les audacieux. Les gens n'ont pas oublié le nombre impressionnant d'irradiés Z que l'on a récupérés autour des villes bombardées. Le chiffre fait peur, croyez-moi. Il a fallu accueillir tous ces malheureux et, pour une fois, les casernes ont servi à quelque chose. On les a transformées en hôpitaux et centres spécialisés. Tenez, nous y voilà!»

Sur le terrain arasé, la végétation se limitait à de rares buissons rabougris qui défilaient sous le ventre du Piper comme des balles d'épineux emportées par la tramontane. Le Cercle Rouge de l'ancienne Rome ressemblait à une empreinte d'éléphant apposée sur la campagne verdoyante.

«Montez un peu, Guido. Ce n'est pas la peine d'aller taquiner les cerbères de trop près.»

Une muraille de sang tranchait l'horizon, découpée en secteurs par des grappes de projecteurs allumés en plein jour. A l'intérieur de la piste lumineuse, on devinait un chapelet de formes équipées de gyrophares. Au-delà, c'était le néant. Un néant organique où l'œil se perdait dans des tourbillons de globules et, croyant capter une illusion vite évanouie, se fabriquait un cauchemar à sa mesure pour contrer ce vide angoissant.

«Saisissant, n'est-ce pas? interrogea Roderic. Je suis néanmoins persuadé qu'au ras du sol le phénomène doit apparaître sous un tout autre angle.

— Vous avez vu? intervint Laura. On dirait des traces de pneus ou de chenilles.»

Les passagers du Piper se penchèrent. Effectivement, convergeant vers l'enclave, on distinguait un faisceau de pistes dentelées.

«Le gouvernement italien doit envoyer de temps en temps des missions pour étudier l'évolution de la barrière. Aux Etats-Unis, nous avons mis sur pied une commission de suivi directement rattachée à la Présidence, expliqua Oswald. Je dois avouer que le spectacle me déçoit.

— A quoi vous attendiez-vous, monsieur Gould? Même à basse altitude, la zone reste impénétrable. Tenez, ça commence... Attention, Guido.»

L'avion s'était mis à tressauter, comme frappé de rafales de mitrailleuse. Les moteurs ne tournaient plus que par à-coups, au rythme des secousses qui ébranlaient la carlingue. Le bruit avait décuplé dans la petite cabine et Roderic dut crier pour se faire comprendre.

«Pas de panique! Ce n'est pas encore dangereux. Mais plus nous approcherons de la verticale, plus le danger augmentera.»

De fait, les moteurs ne tardèrent pas à hoqueter, rendant le maniement du Piper plus délicat de seconde en seconde. La brume s'était épaissie devant le nez de l'appareil, au point de paraître compacte. Un véritable mur de coton.

«Nous pouvons faire demi-tour, Guido. Il ne serait pas prudent de s'obstiner.» Quand les moteurs eurent repris leur régime normal, Roderic se tourna vers ses invités: «A l'altitude où évoluent les appareils des lignes régulières, ce phénomène n'est pas sensible. Au fur et à mesure que l'on grimpe le long de l'axe central, il s'estompe.

— Mais comment se présente ce volume de perturbations? Sous la forme d'une bulle, d'un dôme?

— Pas du tout. Un physicien m'a expliqué ça à l'aide d'un crayon, vous savez, un de ces anciens crayons à corps cylindrique. Il l'a simplement enfoncé dans un bac de sable jusqu'à disparition totale de la mine de graphite. Vous voyez ce que ça donne?

— Une tranche de cône surmontée d'un cylindre?

— Exactement. La base inférieure représente le Cercle Rouge. La puissance de l'écran diminuant avec l'altitude, le manche du crayon se termine en bulle.

— Et sous terre ?

— L'analogie avec le crayon se poursuit, puisque c'est un cône renversé qui prévient toute tentative d'intrusion par galerie ou tunnel.

— Prodigieux ! Comment se fait-il que cette information n'ait pas atteint le grand public ?

— Le modèle final a été élaboré il y a moins de cinq ans. Par un mathématicien soviétique, si je ne m'abuse. En tout cas, pour les journalistes, c'était trente ans trop tard. Les zones sont depuis longtemps passées de mode... » Notant le peu d'intérêt que portait la jeune femme à la conversation, Roderic se confondit en excuses : « Veuillez me pardonner, Laura, je manque à la plus élémentaire des courtoisies. L'Italie ne peut attendre, mister Gould, nous reprendrons la conversation plus tard, si vous le voulez bien. »

Dès lors, Roderic se transforma en guide à l'enthousiasme débordant pour dévoiler les charmes de la péninsule qui défilaient sous leurs yeux. L'avion franchit bientôt l'épine dorsale de la botte italienne à la jonction de l'Appenin et des Abruzzes. Les fermes de pierres sèches semblaient des marches pour escalader les pentes. Le froid qui était apparu au-dessus des cimes s'atténua vite lorsqu'on redescendit vers l'Emilie et Ravenne.

Les trembles dessinaient des touffes d'argent ciselé au milieu des vignes dont les rangs épousaient les courbes de niveau. Grâce à une luminosité parfaite, les moindres coloris ressortaient sans éblouir : le velouté des bruns, le grain rugueux des derniers verts, les angles vifs d'un blanc parcimonieux. Jamais Laura n'avait eu l'impression aussi nette que des gouaches avaient été plaquées sur une toile aux dimensions du monde. Une phrase de Yourcenar lui revint à l'esprit : « Dieu est le peintre de l'Univers. » Elle ne put s'empêcher de murmurer la suite : « Quel malheur… que Dieu ne se soit pas borné à la peinture des paysages. »

A la demande de Roderic, le Piper suivit la côte de l'Adriatique. Les marécages trouaient les *terre vecchie* de taches grises, d'une teinte légèrement différente de celle de la mer, plus soutenue mais plus sereine. Une profusion d'arbres fruitiers sur les polders trahissait la victoire passagère de l'homme sur l'eau. A quelques kilomètres de Venise, Roderic insista pour que l'avion décrivît quelques cercles au-dessus d'un minuscule hameau de pêcheurs, une centaine de cabanes de roseaux colmatées à la boue séchée.

« La lagune de Comacchio, indiqua Roderic, le front collé à la vitre. Il y a mille ans, Venise présentait un visage aussi désolé. A la différence de ces pêcheurs, les Vénitiens se sont révoltés contre l'emprise de la mer et c'est ainsi qu'est née la thalassocratie la plus puissante de l'époque. Nous nous sommes montrés plus malins en utilisant les services que pouvait nous rendre notre ennemie immémoriale au lieu de péricliter en la combattant.

— Si sa puissante voisine n'avait pas drainé ses forces, que serait devenue Comacchio ?

158

demanda Laura. Une nouvelle Gênes, une nouvelle Carthage ? Elle n'a même pas essayé de lutter, j'en suis sûre.

— Quelle importance ? dit Roderic. Le temps se charge de tout égaliser. Quand la fortune d'une ville vient de la mer, elle meurt, en général, par la mer. Et c'est le cas de Venise.

— Bientôt, l'homme sera plus fort que les éléments », répliqua la jeune femme, les yeux brillants, en se rencognant contre l'épaule d'Oswald.

Celui-ci la serra fort contre lui. Ils s'étaient compris. Même ici, TerraMater occupait leur esprit, leurs rêves et leurs espoirs.

A l'arrivée sur l'aérodrome de Venise, ni Laura ni Oswald n'avaient ressenti le coup au cœur qu'ils attendaient du survol de la cité flottante. Ils attribuèrent cette déception à la fatigue du voyage et au décalage horaire. Ils ne voulaient surtout pas reconnaître que Comacchio et sa misérable bourgade de pêcheurs avaient ravi à l'orgueilleuse cité la part d'émerveillement et d'amour qu'ils lui réservaient.

2

Les jours suivants, la cité des Doges prit sa revanche, les assiégeant de visions éternelles. Rares sont les visiteurs qui n'ont pas gardé au fond des yeux la luminosité opaque d'un Canaletto, l'élégance d'une fresque de Giambattista Tiepolo.

Bientôt, Laura dut se mettre au travail. En la conviant à Nuova Roma, Roderic n'avait pas caché les raisons professionnelles qui avaient motivé cette invitation. La *Gazetta dell' Arte* avait financé le voyage en échange d'un article cosigné Winkler / Pasquale sur la renaissance de l'art européen au cours des quinze dernières années. Pour couronner le tout, la promesse d'étude, en avant-première de la Biennale, des œuvres révolutionnaires des jeunes loups italiens avait enthousiasmé la jeune femme.

Pendant ce temps, Oswald partageait ses journées entre la visite des palais de calcaire istriens et le perfectionnement de son italien à la lecture du *K* de Buzzati.

L'énorme travail préparatoire de compilation

évitait aux deux critiques de soulever les questions fondamentales. Ils s'attardaient sur la forme sans oser aborder le fond. Pourtant, plus l'article approchait de sa forme définitive, plus ils se persuadaient de l'inanité de leurs recherches. Ils se taisaient, mais leur nervosité attestait qu'ils avançaient, peut-être par des voies dissemblables, vers une conclusion commune.

Lorsqu'ils ouvrirent le dernier chapitre sur les œuvres de la future Biennale, un incident délia les langues et soulagea les consciences.

Un matin gris, pluvieux. On aurait dit que les eaux de la lagune pissaient du ciel tellement l'uniformité des teintes était frappante. Sous les chapiteaux des palais, les coulées noires transformaient les façades en visages de madones sur lesquels les acides et le gaz carbonique auraient laissé de longues traînées de rimmel. Une bise acérée s'engouffrait dans les ruelles marines sans parvenir à chasser l'humidité qui perlait au bout des doigts des anges, des saints et des éphèbes. Le spleen s'introduisait de manière perverse dans la tête, à l'image des vaguelettes contre les soubassements lépreux, à l'image des gouttes de pluie sur les flaques nichées dans le ventre des gondoles. Et, alors que le canot affrontait les rafales, Oswald se demandait si la ville n'allait pas fondre dans la lagune comme un gâteau de sucre.

«Vous n'avez pas peur quand le ciel et la mer s'unissent ainsi? pensa-t-il tout haut.

— Question d'habitude, répondit Roderic. Le jour où l'homme a lancé un défi aux éléments en rehaussant le sol, en y enfonçant des forêts de pilotis, sa mentalité a changé... pour devenir ce mélange complexe de fatalisme et de hargne qui caractérise les marins. Ne vous fiez pas aux apparences, dans le cœur des Vénitiens, la rage de vaincre est aussi puissante aujourd'hui qu'à l'aube du premier millénaire. »

Pour l'esthète vieillissant, la survie de Venise devait représenter l'avant-poste d'une guerre visant à redorer le blason de l'homme. Autant que le projet *Out of Bounds* pour le jeune scientifique américain.

Toujours plus loin ! Oswald Gould éprouva l'envie irrépressible de regagner son bureau de New Houston et de s'installer derrière les consoles pour suivre la progression de Terra-Mater. La fusée se rapprochait de la frontière meurtrière et il éprouvait une certaine honte à avoir pris des vacances alors que d'autres se battaient heure après heure pour repousser les limites. Pourvu que cette fois tout se passe bien. Le pari était risqué. Il y allait de la vie de deux hommes, deux êtres d'exception, deux amis avec lesquels il avait partagé ce qu'il avait de plus cher au monde, sa passion pour la liberté.

Au moment où le canot abordait la Ca' Rezzonico, il se rendit compte que depuis son arrivée, il avait déambulé en fantôme dans les ruelles voûtées, à la recherche d'un nouvel élan, d'une nouvelle ferveur. Comme il était aveugle ! La volonté de vaincre éclatait partout ! Dans le sourire des Italiennes sous la pluie, dans les chansons légères des gondoliers, dans les frontons des églises de marbre, dans la vivacité du regard de Roderic. La blancheur immaculée du vestibule, l'équilibre parfait de l'architecture, cette richesse de la décoration interne qui jurait avec l'ocre rongée des murs, tout respirait la frénésie de vivre. Un immense espoir le prit, comme une bouffée d'oxygène pur. Il ne désirait plus à présent qu'absorber la force des colonnades qui soutenaient les deux étages du palais et faire sienne la volonté indomptable du peuple de la mer.

Ils franchirent sans encombre le cordon de policiers qui encerclait la salle d'exposition. Un garde les accompagna pour débrancher le système d'alarme.

En abordant le saint des saints, l'œil se magnétisait sur le jeu régulier des dalles de marbre. Blanc. Noir. Blanc. Noir. Puis sur la balustrade de fer forgé qui divisait les murs au niveau du premier étage. Elle protégeait une promenade suspendue autour de la salle, légère, aérienne. Le plafond vous aspirait alors dans une perspective artificielle au centre de laquelle trônait le Christ-Roi. Laura reconnut la maestria d'un disciple d'Andrea Pozzo.

Une fois la nuque endolorie, on apercevait les sculptures, les tableaux disposés dans cet écrin de rêve. Et c'était le choc! On oubliait tout, une nouvelle dimension s'ouvrait, maléfique, empoisonnée, malgré la présence du Christ.

Des sentiments, bruts, peints, laminés, découpés, sciés, tailladés, écartelés. Sans apprêt superflu, sans maniérisme. Crus. La face obscure de l'âme disséquée par un scalpel impitoyable. Oswald crut un instant surprendre le cri de désespoir de Venise au moment où l'Adriatique recouvrirait le dernier dôme de la dernière basilique.

« Le monde est-il en si piteux état qu'il inspire de telles visions à ses enfants ? s'étonna-t-il.

— C'est la génération de la Grande Guerre, nourrie aux radiations Z, expliqua Laura sans conviction.

— A quoi riment ces mains tendues comme des griffes, ces faciès de condamnés à mort, ces mâchoires d'ombre, ces paysages sans issue ? Vous avez interrogé les créateurs ? »

L'air embarrassé, Roderic intervint :

« Ce sont des jeunes gens sympathiques qui énoncent des banalités du genre : "L'avenir tue, la fin du monde est proche." Les plus subtils se contentent de reprendre le cri de guerre des punks qui a ravagé les îles Britanniques, il y a cinquante ans : *No future*.

— Pressentiraient-ils la mort de notre civilisation ?

— Nous ne le croyons pas. Vous savez, à force de fréquenter les artistes, les critiques développent une sensibilité comparable. Et ni Laura ni moi ne sentons rien de tel. Pourtant cette atmosphère fait l'unanimité. »

Devant les questions d'Oswald, devant les esquives peu probantes de Roderic, Laura décida qu'il était temps de trancher le nœud gordien.

« Mais regardez autour de vous ! On ne peut pas peindre de telles atrocités sans en porter les stigmates. Je me souviens des excès d'un Dali, de l'oreille coupée d'un Van Gogh, de la désintégration mentale d'un Botticelli ! Le génie ponctionne cruellement l'âme de son porteur. Parmi tous les noms d'artistes ici présents, nous n'en connaissons qu'un ou deux. D'où sortent les autres, mon Dieu ?

— Le pire, enchaîna Roderic, soudain libéré, c'est que quand ces messieurs se présenteront, ils n'auront pas de passé. Ils prétendront qu'un jour un pinceau, un burin, un fer à souder leur a sauté dans la main, et ce sera tout. Vous comprenez à présent notre frustration quand nous rencontrons ces médiocres aux idées aussi lisses que des œufs. Ça fait plus d'un an que les choses ne tournent plus rond dans le milieu et je ne serais pas étonné de n'avoir affaire qu'à des prête-noms !

— Picasso a créé *Guernica*, rétorqua Oswald. Si je me souviens bien, c'était un personnage adorable, sans histoire.

— Tu ne te rends pas bien compte, chéri. L'art d'aujourd'hui oscille au bord d'un gouffre et ses vecteurs dépassent l'homme, le prolongent dans la direction du mal.

— Comme si les capsules azur nous influençaient à partir des zones Z, ajouta Roderic. Ne riez pas, Oswald ! Que savons-nous de ces enclaves ? Black-out complet. Toutes les hypothèses sont permises.

— C'est trop facile, Roderic. Je ne vois ici que l'expression de sentiments humains. Exceptionnellement noirs, je l'avoue, mais humains. Tenez, examinez cette structure… »

Oswald se dirigeait vers une énorme fleur de métal dont la corolle torturée, un faisceau de tubes d'aluminium en forme de conque, semblait adresser une supplique au ciel. Cette comparaison amena un sourire sur les lèvres de Laura. A la verticale, siégeait le Seigneur dans toute sa splendeur. Prêt à écouter les plaintes des morts soutenus par les anges.

« Rappelez-vous les premiers gramophones. Ils étaient conçus sur le modèle de l'oreille humaine. Le pavillon imitait l'entonnoir du cornet auditif pour mieux canaliser les ondes sonores. Eh bien, si l'artefact que vous avez sous les yeux ne me paraît pas branché sur les enfers pour nous faire partager les hurlements des damnés, comme le voudrait Roderic, je le dirais néanmoins capable de capter des vibrations. Ou d'en transmettre. Attendez ! »

Oswald s'était penché au cœur de l'armature, déclenchant une avalanche de sonorités discordantes. Enfin, il se retourna, le visage illuminé.

« Consultez le catalogue. Le numéro vingt-huit. Cet objet est prêt à fonctionner comme un véritable émetteur, j'en mettrais ma main à couper.

— Vingt-huit, dites-vous ? Nous y voilà. *Oripeaux fractaux*, de Sliatkine. Retour au naturel... audace géométrique... rage de vivre. » Roderic parcourut en diagonale la présentation. « Pas un mot concernant une quelconque dimension acoustique.

— Ce n'est pas possible, voyons. Regardez... le bloc inférieur se démonte.

— Je vous en prie, c'est une œuvre d'art. Vous n'avez pas le droit... »

Laura ne comprenait pas davantage l'attitude d'Oswald. Mais l'ingénieur avait raison ; une boule en acier inoxydable était en train de s'ouvrir sous ses paumes.

« Ne vous inquiétez pas, Roderic, approchez

plutôt et dites-moi ce que vous voyez, là, dans le coin droit. »

Les deux critiques s'étaient agenouillés à ses côtés sur le marbre glacé. Ils n'en croyaient pas leurs yeux. Issus de la tige supportant la boule, deux fils électriques pointaient leur âme de cuivre.

« Il nous faudrait une pile. Pas plus de six volts. Roderic, voyez si vous pouvez vous en procurer une.

— Nous outrepassons nos droits. Je ne peux pas...

— Allons, mon ami, ce mobile meurt d'envie de nous dévoiler son secret. Et peut-être est-ce là l'occasion unique de connaître la réponse aux questions qui nous empêchent de dormir depuis des mois. » Laura avait posé une main persuasive sur l'épaule du Vénitien. « Ce n'est pas une oreille, Roderic, mais une bouche scellée, impatiente de nous parler. Nous ne faisons que nous conformer à la volonté de l'artiste.

— Vous avez raison ; c'est ridicule. Mais un moment, j'ai eu peur. Une peur étrange, inexplicable. »

Un garde leur fournit une pile récupérée sur un vieux transistor. Oswald brancha les extrémités des fils aux plots de cuivre avant d'entraîner précipitamment ses deux amis dans un coin de la salle, comme si, d'un commun accord, ils redoutaient l'éveil d'une créature de cauchemar.

Le silence s'éternisait. Dehors, le pas traînant des gardes, les gouttes de l'averse tapant aux vitres de leurs doigts humides. Soudain des crachotements jaillirent de la fleur, secouant

168

paroxystiquement les étamines de métal, bientôt suivis d'un souffle blanc, blême, venu des limbes, qui se mit à ricocher entre les parois fuyantes du palais. Puis des paroles arrivèrent, lentes, pesamment articulées dans un anglais approximatif. Une main sur le cœur, Laura leva les yeux vers la silhouette perdue entre les nuages peints. Elle songea que si Dieu s'adressait un jour aux hommes, sa voix aurait cette profondeur, cette tristesse miséricordieuse.

/ WE ARE PRISONERS / WE ARE PRISONERS
IN THE DEAD CITY /
/ OUR SOULS ARE VANISHING LIKE EMBERS
IN THE WIND /
/ WE ARE GODS BUT WE ARE DYING /
/ FREE US FROM THE SPELL /

La complainte se brisa dans un tonnerre de claquements métalliques. Tels des fléaux, les tiges d'aluminium s'étaient mises à battre les unes contre les autres avec une violence rare. L'arme à la main, les gardes avaient fait irruption puis s'étaient figés, le regard bloqué sur l'armature en folie.

Roderic se précipita pour les rassurer. Tout allait rentrer dans l'ordre. D'ailleurs, l'avaient-ils remarqué? le phénomène baissait déjà d'intensité. Il prenait l'entière responsabilité de l'affaire. Peu convaincus, les cerbères attendirent pour se retirer que la fleur redevînt silencieuse.

« Révolutionnaire! » Le critique s'épongeait le front. « L'effet est un peu trop mélodramatique à mon goût.

« — Il ne reste plus qu'à téléphoner à Sliatkine, dit Laura.

— Je m'en occupe, proposa Roderic. La conservatrice doit avoir son numéro.

— Pensez à l'interroger sur la signification du message, intervint Oswald.

— On se retrouve au rez-de-chaussée d'ici un quart d'heure. »

Tandis que le Vénitien s'éloignait, Oswald se pencha vers le mobile pour en retirer la pile. Il la porta à sa langue.

« Travail d'amateur ; elle est morte. En revanche, j'aimerais bien rencontrer le spécialiste de l'acoustique qui a conçu le couple vibrateur. Je ne connais que trois personnes au monde capables de réussir un tel exploit avec du matériel de récupération.

— Sliatkine ? interrogea Laura.

— Ce nom ne me dit rien, mais attendons le compte rendu de notre ami. » Un clin d'œil. « J'ai la conviction que nous venons de lever un sacré lièvre. »

Déjà vêtu de sa cape de pluie, Roderic déambulait dans le vestibule, entre les moulures dorées et les uniformes gris des inspecteurs de la sécurité. Au claquement des talons de Laura sur les degrés de marbre, il leva la tête et ses yeux impatients, vieillis, lancèrent un message désespéré.

« Ne m'en veuillez pas de m'être ainsi avancé, j'ai hâte de quitter cet endroit. »

Sans attendre, il se fit ouvrir la lourde porte et passa sur le parvis que l'eau du ciel transformait en miroir imparfait.

Pendant que ses amis s'habillaient, il se surprit

à traquer son image sur les dalles de pierre. Le reflet se modifiait sans cesse, insensible aux appels muets d'un esprit désireux d'emprisonner une réalité trop indocile. Il tendit une main vers une colonne. L'eau ruisselant le long du fût épousa le triangle de ses doigts et s'infiltra sous le poignet, sous la chemise de soie, jusqu'au coude. Il n'en avait cure ; il faisait corps avec la cité. Plus il la sentait dresser ses boucliers, plus ses pieds rejoignaient la *realtà*. Jamais il n'avait éprouvé une telle communion avec sa ville. Des pierres, oui, mais aussi de la chair et du sang.

Il ne put déterminer à quel instant précis sa conception de Venise bascula.

Elle ne luttait pas, non. Son orgueil ? Un cliché de plus. Les hommes s'étaient toujours mépris sur les relations liant le marbre et l'eau. C'était un amour fou qui unissait liquide et solide. De ces amours sublimes qui ne se terminent qu'à la mort d'un des partenaires. La ville était soumise et aimante. Elle se livrait aux baisers humides de la mer. Bien sûr, cela avait commencé comme un défi, mais ne faut-il pas une provocation pour amorcer une liaison contre nature ?

Dès le jour sacré où les premières vaguelettes de la lagune avaient léché les premières pierres, Venise avait été conquise. Malgré les apparences. Peut-être ses habitants l'avaient-ils pressenti lorsqu'ils avaient envoyé leurs vaisseaux marchands à l'assaut des océans... Les vaincus intérieurs donnent souvent les meilleurs conquérants. Alors qu'ils croyaient bâtir une citadelle contre la folie ravageuse des flots, ils n'avaient réussi qu'à élever une chapelle à la gloire de Neptune.

Venise sous la mer ne serait plus Venise. L'Adriatique, elle, continuerait à chanter long-temps après la fin de leurs amours. Curieuse-ment, cette révélation rassura Roderic. Il lui suffisait d'appartenir à la race qui avait participé au plus bel acte d'amour de l'Histoire, même si d'autres le considéraient encore comme un fait de guerre, comme une défaite annoncée. Ce ne sont pas les contresens qui demeurent gravés dans les manuels mais les monuments, dans leur nudité et leur perfection.

Laura et Oswald le retrouvèrent au pied du débarcadère. Il n'avait pas ouvert son parapluie. La pluie dégoulinait de ses sourcils, il paraissait heureux.

La jeune femme lui prit doucement la main et le conduisit comme un enfant jusqu'au canot qui oscillait sous la bourrasque. Une partie du retour s'effectua dans un silence amer. Malgré son impatience, Laura avait fermé les yeux. Les cris des mouettes, le ronronnement du moteur, le murmure lancinant de l'averse l'anesthésiaient.

A la hauteur de Saint-Moïse, Roderic dit enfin : « Sliatkine n'a pas créé *Oripeaux fractaux*. Oh, il m'a parfaitement décrit l'œuvre telle qu'il l'a soi-disant conçue. » Il vrilla son regard dans les eaux grises du Canale della Giudecca. « Mais il m'a traité de fou lorsque je lui ai parlé du message. En fin de compte, connaissant ma réputation et sentant mon insistance, il m'a affirmé avec beau-coup d'aplomb qu'il avait bien installé un sys-tème acoustique dans son mobile. Mais il a été incapable de me préciser le contenu du message. Il prétend l'avoir oublié.

— Le doute n'est plus permis, chuchota Laura. Nous sommes confrontés à la plus formidable supercherie de toute l'Histoire de l'art.

— Parti comme c'est, intervint Oswald, vous n'êtes pas près de découvrir les véritables créateurs de la Nouvelle Vague.

— N'en soyez pas si certain», répondit énigmatiquement l'homme fatigué.

Les *vaporetti*, bondés, ridaient la chape ardoise des canaux. Midi, et le soleil n'avait pas encore daigné faire son apparition dans le ciel ! A croire que le monde n'était plus digne de lui.

3

« Les voilà ! » annonça le chauffeur.

Une camionnette bâchée venait de s'engager à vitesse réduite dans l'avenue Desmoulins. En grinçant, elle s'arrêta devant le 336.

« C'est pas trop tôt, fulmina Jerry. Six heures à poireauter avec un sandwich dans le ventre, y a de quoi se miner !

— On dirait que le chèque a fait son effet, constata Jimmy. On tient le bon bout, cette fois.

— Une 504 ! Montée sur Simpar, avec de véritables pneus en gomme ! » Barty n'en croyait pas ses yeux. « Ça vaut une fortune, cette merde. Je connais des collectionneurs de la haute qui vendraient leur mère rien que pour poser leurs fesses derrière le volant.

— C'est peut-être ton jour de chance, dit Jimmy. J'ai comme l'impression que tu vas lui coller au cul d'ici peu. »

Deux hommes venaient de sortir du véhicule pour détacher la bâche protégeant la plate-forme de chargement. Canadienne et jean blanchi. Le plus âgé, de taille moyenne, arborait un ventre proéminent sur des jambes courtes. Son compagnon ne présentait aucun détail remarquable, n'était une casquette de cuir noir sur de longs cheveux blonds. Jerry gardait un très mauvais souvenir de ce genre de casquettes. Les gangs d'Antillais du côté de Cergy en portaient de semblables en signe de reconnaissance. Il gratta machinalement la cicatrice qui lui fendait l'avant-bras. Elle venait de pulser aussi vivement que le soir où le couteau lui avait entaillé la chair, deux ans plus tôt, sous le pont suspendu du chemin de fer.

Avec aisance, les livreurs déchargèrent des colis apparemment fragiles mais légers. La maison de Pleyers les avala, puis les régurgita, les mains vides. L'opération se répéta trois fois avant qu'ils ne disparaissent pour une durée prolongée.

Au bout d'un quart d'heure, la porte s'ouvrit à toute volée et le gosse roux bondit du couloir comme un fauve, suivi à quelques enjambées par le jeune livreur à la casquette. Jerry ne savait de quel côté son cœur devait pencher. Il n'eut pas longtemps à hésiter car le garnement coincé entre le poulailler et la remise reçut une claque qui retentit jusque dans la Corvette.

« Le bâtard ! Il a dû lui démolir le tympan. Faut se méfier de ce type-là, c'est un brutal. »

Le comportement de l'homme venait conforter l'opinion déplorable que Jerry conservait des gars à casquette de cuir.

« Ils s'en vont, souffla Barty.

— Ouais, et tu leur files le train. Avec classe, hein !

— T'en fais pas, Jimmy, je connais mon boulot. »

Les deux véhicules quittèrent Saint-Clary par la départementale. Il était un peu plus de dix-huit heures. Les corons aux murs sales s'emplissaient de tortues rieuses. Les écoliers, cartable sur le dos, s'égaillaient entre les blocs. Leurs cris ranimaient les quartiers anesthésiés et les taches colorées des tabliers flottaient au souffle des contre-allées. La jeunesse chantait haut et clair dans l'espace limpide de cette fin de journée, et tandis que les villages se succédaient, tous semblables dans leur habit de briques noircies, Jimmy pensait avec regret aux années qui défileraient, à la grisaille qui viendrait nécessairement, à l'enfance condamnée à se taire. Il haïssait le temps.

Le long de la route, les autocars bondés continuaient à dégorger sur les trottoirs des essaims de gamins aux ailes vierges. Le front contre la vitre, Jimmy les regardait et des souvenirs remontaient lentement : l'odeur des livres neufs, le cliquetis des agates dans le sac de toile rêche, le parfum douceâtre du chocolat chaud sur lequel le matin dépose une crème ridée comme une pellicule de soie.

Dix-huit heures trente sonnèrent à la pendule de bord. Derrière la 504, la Corvette glissait dans la campagne comme un autre songe nostalgique. Ses trois occupants respectaient le silence du crépuscule. Barty était plongé dans la conduite, Jerry, tête ballante, dormait sans un soupir.

Trois kilomètres après Bouchain-les-Mines, la camionnette disparut derrière un rideau de peupliers. Elle avait quitté la départementale. Barty dépassa la bifurcation à petite vitesse et Jimmy eut le temps de distinguer la 504 qui s'enfonçait dans un chemin de terre en très mauvais état.

« Tu peux t'arrêter sur le bord de la route.

— Ah, patron, vous êtes avec moi ? Je commençais à me sentir seul.

— Réveille Jerry pendant que j'évalue la situation. »

Jimmy referma la portière en maintenant la poignée enfoncée. Les bruits portaient loin sur une route aussi peu fréquentée. Un semi-remorque se traînait à quelques kilomètres de là, masse confuse planant au-dessus de la chaussée, mais le grondement du moteur antigrav ne lui parvenait pas encore.

Il traversa à pas lents le ruban de bitume mal entretenu pour se poster derrière une haie de ronces. La route surplombait la campagne d'une hauteur de remblai et le paysage descendait en pente douce jusqu'à une rivière paresseuse qui se trahissait à travers les bosquets de bouleaux par des ocelles d'or rouge. Entre deux rangées de chênes au pied dévoré par des buissons prolifiques, le chemin suivait la déclivité générale du terrain. De profondes ornières avaient creusé des signes longilignes qui se recoupaient comme les rails d'une gare de triage.

Ce n'était pas une route praticable par tous les temps, surtout dans le cas des véhicules antigrav. Après les grosses pluies d'hiver, seules les charrettes et les anciennes voitures à traction spécialisée comme la 504 Simpar pourraient l'emprunter sans risquer de s'embourber. Jimmy laissa son regard filer le long du ruban tortueux. Celui-ci allait mourir dans un bois clairsemé que les cultures grignotaient un peu plus chaque année. Une entreprise de récupération devait y avoir élu domicile car le soleil couchant y allumait des éclats métalliques. Elle semblait avoir phagocyté le centre du bois, ne laissant qu'une mince couronne d'arbres assez gros pour protéger l'intimité de son cœur en fer-blanc.

Il fouilla du regard l'horizon, estima qu'il restait encore une heure pleine de lumière. Ils devraient se hâter.

« Ils sont obligés de ressortir par ce chemin. C'est la seule voie d'accès pour la Peugeot. Il y a une casse au bout du chemin, la planque idéale.

— On fonce, patron ?

— Ouais, je crois qu'on va y aller, bille en tête. Faites gaffe, c'est pas des tendres. D'autre part, je vous rappelle qu'on cherche des informations. Alors, ne vous encombrez pas inutilement. Une seule toile suffira comme pièce à conviction. Jerry, ça va ? T'as récupéré ?

— Affûté comme un rasoir. »

Un sourire carnassier s'épanouit au centre du visage couperosé.

La Corvette s'engagea en brinquebalant sur la voie de terre. Le système de compensation de l'antigrav souffrait sur les ornières.

« Attends, Barty. » Le chemin, à présent plus large, permettait au véhicule d'opérer une marche arrière. « C'est pas la peine qu'on y aille à trois. Tu nous attends ici. Si quelqu'un se pointe, klaxonne deux coups. Au cas où tu entendrais du grabuge, tu ouvres les portières et tu tiens le turbo sous pression.»

Pendant que Barty effectuait la manœuvre, Jerry et Jimmy se coulèrent le long des platanes. Ça sentait la girolle et la luzerne. Le sol sec agressait les chevilles.

«Et tu me laisses parler! D'accord? Si les types sont compréhensifs, vaut mieux essayer de limiter les dégâts.»

Jerry grommela sans répondre. Malgré le surnom déplaisant que ses collègues lui avaient décerné, le Taureau des Ardennes, il se sentait capable d'un minimum de doigté.

Le métal leur apparut au premier détour du chemin, sous la forme de deux épaves sans roues mais admirablement conservées qui les surplombaient du haut de piliers de béton. A une hauteur de trois mètres, elles menaçaient les intrus de leur mufle nickelé.

«Des Ford Taunus!» siffla Jerry, impressionné par les monstres au ventre peint au minium. «J'en connais un qui se tiendrait plus!»

Au-delà du portail s'étendait un labyrinthe démesuré dont les allées se croisaient à angle droit dans la semi-pénombre. Les blocs énormes du dédale étaient constitués principalement de véhicules à différentes étapes de déstructuration.

«J'aime pas les cimetières, encore moins ceux de voitures», geignit Jerry en se curant le nez de plus belle.

Au moment de passer sous les sentinelles de métal en équilibre, ils rentrèrent la tête dans les épaules et accélérèrent le pas. Trois tonnes sur le crâne, ça n'inspirait pas vraiment confiance.

«T'as le plan de ce foutoir ? Faudrait pas tourner des heures si on veut les coincer avant la nuit.

— Arrête de ronchonner ! La cahute du gardien doit se trouver au bout de l'allée principale.»

Les piles de carrosseries absorbaient les derniers pans de lumière. Le soleil hésitait à la cime des bouleaux, lançant de longues échappées dorées au hasard des saignées. Les ombres devenaient plus noires, plus menaçantes. L'odeur de la rouille imprégnait peu à peu l'air humide. Conscients de la vitesse à laquelle le jour leur échappait, les deux hommes trottinaient. Une impression de déséquilibre fondamental imprégnait si profondément chaque échafaudage qu'ils ne quittaient pas d'un pouce la partie centrale des allées.

Soudain, perdu dans la jungle de métal, un merle se mit à siffler. Ils s'arrêtèrent, frissonnant sans raison.

4

Puis, loin derrière eux, au bout de l'allée qu'ils remontaient, trois claquements réguliers percutèrent le soir. Métal contre métal. Silence.

Jerry se retourna. Rien.

Ils reprirent leur progression, tous les sens en alerte. Ils allaient aborder une nouvelle traverse lorsque le bruit rythmé retentit à leur droite, cette fois, plus proche. Une longue, deux brèves. Leurs regards se croisèrent, chargés d'une inquiétude tangible. Jerry dégagea la crosse du P.38 de son rabat protecteur. Son aisselle humide laissa une trace moite sur sa main. Il l'essuya avec application à son pantalon.

Au moment où le même rythme se faisait entendre, à leur gauche, comme s'il avait été frappé juste derrière le bloc qu'ils longeaient, une forme souple sauta du haut d'un édifice branlant pour atterrir, genoux pliés, face à eux. Elle se redressa lentement, frappant un tuyau de plomb contre un enjoliveur cabossé. Taaaac, tac tac! Taaaac, tac tac! D'autres battements enveloppaient l'espace dont ils occupaient le centre.

Jerry et Jimmy s'étaient immobilisés, dos à dos, mais sans sortir leur arme.

La silhouette se rapprocha en dansant. Choc contre le disque de métal brandi à bout de bras. Derrière elle, venues des profondeurs de la casse, se détachèrent trois nouvelles formes grises tapant le rythme primaire, crispant de simplicité. Un dernier rayon de soleil surprit les acteurs du mélodrame. Jerry crut défaillir. Il était revenu deux ans en arrière.

Cergy. L'impasse. Les Antillais. A un moment ou un autre de sa vie, on se retrouve toujours au bout d'une impasse. Les néons éborgnés, les escaliers en sous-sol, les rats, les longs bâtiments délabrés, la masse du pont suspendu, les rails qui tremblent sous la charge de l'express de minuit, les yeux sous les casquettes de cuir noir, l'éclair des lames. Le monde est une poubelle couchée dans une impasse de Cergy.

Jerry pivota lentement sur ses talons, imité par son compagnon. Ils étaient sept, casquette au ras des sourcils. Quatre devant, trois derrière. Le premier adolescent poursuivait son avance ondulante, rasant le puzzle des capots. Il contourna les deux hommes. Trois devant, quatre derrière.

D'un coup violent, il brisa le rythme et le silence jaillit, aussi angoissant que les percussions barbares. Ses acolytes se balançaient sans bruit d'une jambe sur l'autre et leurs ombres mouvantes se découpaient en relief sur les chromes piqués, les peintures délavées, le Skaï des sièges éventrés.

«Alors, messieurs, on joue aux renifle-merde?»

Sa voix de *falsetto* trouva des échos bizarres au

cœur des plaques de métal mal ajustées. D'une enjambée de géant, il était venu coller sa figure vicieuse contre les lunettes de Jimmy et le dévisageait avec des yeux de vipère.

Jerry sentit le mouvement de recul de son chef juste contre ses omoplates. Sa main avait glissé depuis longtemps vers le holster.

« Nous ne faisons que… »

Jimmy ne termina pas la phrase. Le tuyau de plomb venait de lui arracher les lunettes avant de lui fracasser la tempe.

Projeté en arrière par la violence du coup, Jerry vit son collègue osciller un très bref instant, les yeux écarquillés comme s'il refusait l'inévitable, chanceler, les mains pressées contre son front déjà pleines de sang, puis s'écrouler dans une flaque. Il hurla. Le P.38 lui avait sauté dans la pogne, aboyant, décapitant presque l'assassin. Sans hésiter, il fonça sur le groupe campé devant lui, provoquant un envol de casquettes qu'en d'autres temps il eût trouvé risible. Il vida le chargeur au jugé. Une silhouette dérapa, une autre s'étala en croix.

Il courait, enfilait des allées suivant l'impulsion du moment. Déjà, il sentait qu'il s'était égaré. Pour lui compliquer l'existence, le soleil plongeait, les ombres avec lui, d'une soudaine et terrible densité.

A bout de souffle, il se jeta entre deux banquettes luisantes de fientes de pigeon, derrière une Pontiac démesurée. Il profita du répit pour remplacer les cartouches brûlées. Le visage de Jimmy continuait à saigner dans sa tête, une bouillie informe qui n'avait plus rien d'humain. Il avait mal à l'estomac.

Des galopades résonnaient de tous côtés, tressant autour de lui les mailles d'un filet invisible. Après la réaction viscérale, le temps de la réflexion était venu. Une silhouette approchait. Devait-il rester planqué ou en abattre le plus possible ? Il allait la laisser passer lorsque son bras prit le relais. L'ombre boula, la casquette roula sous un essieu. Maudissant son impulsivité, les oreilles déchirées par le coup de feu, Jerry quitta la cache précaire et s'élança dans l'allée. Tous les carrefours se ressemblaient. Il finit par se plaquer contre une muraille de pneus et de jantes qui paraissait monter au ciel tellement l'obscurité se faisait profonde. D'autres empilements semblables se succédaient jusqu'à l'horizon. Il ne savait même plus dans quelle zone de la casse il se trouvait.

Les salauds ! Eux connaissaient chaque détour du labyrinthe. Les claquements métalliques avaient repris, d'une redoutable efficacité. Ils tournaient, difficilement localisables, ils se répondaient, ils se succédaient en rafales avant de se taire de longues minutes pour converger de nouveau.

Ce fut une imperceptible vibration à la base de la colonne qui lui sauva la vie. Jerry bondit au moment où le château de gomme s'effondrait. Il se mit à courir avec, dans son dos, le fracas amorti de milliers de pneus rebondissant à sa poursuite. Il entendait les roues meurtrières s'écraser contre les montagnes voisines, les ébranler, les effondrer à leur tour, propageant l'effet de cascade à la vitesse d'un cheval au galop. Il crut que l'enfilade de piliers chancelants ne finirait jamais. Enfin, une voie transversale se dessina, dans laquelle il se jeta désespérément, tandis que l'arsenal de caoutchouc dépassait le carrefour pour bombarder les pare-brise et les carrosseries rouillées.

Il haletait. Chaque case de l'échiquier était devenue mortelle. A tout moment, une portière ou un capot, jeté du haut d'une pile, pouvait lui fracasser le crâne. Il rampa derrière le tableau de bord d'un Berliet Amazonie. Les cadrans, les jauges, les compteurs pendaient de leurs boîtiers comme des serpents engourdis par le froid. Sur le toit dangereusement creusé, des tonnes de métal dormaient. Broyer, déchiqueter. Arêtes meurtrières, vitres-rasoirs. Depuis la chute des pneus, la rythmique s'était tue. Ils avaient perdu sa trace. Une impression de sécurité provisoire, paradoxale, l'envahit. Les étoiles n'allaient pas tarder à apparaître. Une de plus pour Jimmy.

Une longue, deux brèves. Silence. Une longue, deux brèves. La proie était repérée. L'attente était intolérable. Il songea un instant à se loger une balle dans le palais pour que cesse cette scansion impitoyable. Mais cela n'entrait pas dans ses habitudes, de mâcher le travail aux pourris. Il vérifia une nouvelle fois le magasin du P.38 et s'extirpa du camion.

Lames de fer vrillées / poignets tranchés net / couronnes étoilées des pare-brise / visages atrocement tailladés / colonnes de direction privées de volant / pieux pour empaler / fragments de carrosserie déformée / tenailles à briser les membres. Le tableau n'était guère réjouissant. Jamais Jerry n'avait senti la mort rôder en cercles aussi étroits autour de lui. Même à Cergy.

Il se planta au milieu de l'allée, les jambes écartées, les bras tendus autour du P.38, et attendit l'assaut. Il tournait lentement et son regard fouillait les issues aussi bien que les tours branlantes.

Il vit arriver la première attaque mais ce fut la seconde qui le surprit. Une silhouette presque indistincte se détacha d'un angle, un sifflement retentit près de son oreille gauche. Il n'eut pas le temps de tirer. Un second sifflement et, venu des hauteurs, un tuyau tournoyant lui frappait les poignets joints. Le revolver lui échappa et glissa en cliquetant sous une Twingo renversée au pied d'une falaise de Nissan Patrol noires.

Les claquements venaient de changer de cadence, plus rapides, presque joyeux. Les premiers adolescents apparurent, bloquant les points de fuite avec la grâce de danseurs professionnels. D'un coup d'œil, Jerry jaugea la situation. Impossible de récupérer le P.38. Il ne restait que la voie des airs. Il posa un pied sur le capot de la Twingo, se hissa sur le toit d'un coup de reins et tendit une main vers le véhicule empilé au-dessus. Les nombreux vides facilitaient la tâche. Plus il s'élevait, plus il sentait trembler la tour sous ses tractions. Il surplombait à présent le parterre de casquettes. Regards ironiques, passivité de mauvais augure. Une longue, deux brèves. Silence. Une longue...

Au moment d'assurer la prise suivante, il comprit la raison de leur calme. Tout en haut, confondues avec la noirceur du ciel, trois silhouettes agenouillées sur le toit de la dernière épave s'étaient jointes au concert. Cette fois, la chance lui tournait le dos. Il était coincé entre ciel et terre, entre purgatoire et enfer, plaqué contre la paroi comme une mouche. Il lui manquait les ailes pour faire la différence.

S'ils voulaient sa peau, il faudrait qu'ils viennent le chercher. Il ne bougerait pas de son perchoir, malgré la douleur qui lui brûlait les poignets.

Le martèlement cessa. Il ferma les yeux. La première pierre heurta la tôle à cinq centimètres de son crâne. Les chiens, ils allaient le lapider! Quand la rafale de mitraillette faucha les truands qui le surplombaient, il s'était préparé au pire. Un corps le frôla avant de s'écraser au sol. Un vertige le saisit alors, à retardement, desserrant presque l'étau de ses mains. La Thompson avait pris l'allée en enfilade et le gang se couchait au sol, décimé par les rafales successives. Emportées par les impacts, les casquettes semblaient rouler à petits coups de pédale malhabiles.

«T'as fini de jouer à l'homme-araignée?

— J'étais juste en train de me choisir une nouvelle bagnole. »

Jerry se laissa glisser sans force près du chauffeur. Il éclata d'un rire hystérique que l'autre interrompit d'un bref «Faut pas traîner», auquel il répondit d'un aussi lapidaire «File-moi un flingue!».

Essuyant d'un revers de manche la sueur qui lui dégoulinait le long du nez, Jerry inspecta la moisson de cadavres désarticulés qui jonchaient l'allée. Enfin, il détourna les yeux et interrogea silencieusement Barty. L'autre comprit aussitôt.

« Rien à faire, il a le crâne éclaté comme une figue. Il respirait plus quand je l'ai trouvé.

— Ils l'ont abattu de sang-froid, ces ordures ! Tu connaissais Jimmy, il voulait les embobiner pour éviter tout ça. »

Du doigt, Jerry désignait l'hécatombe.

Un moteur toussa dans leur dos. Ils s'élancèrent au pas de course vers le ronronnement à présent régulier. Un crissement de gravier les avertit que la camionnette démarrait sur les chapeaux de roues.

« Prépare la sulfateuse, pas un de ces salauds ne doit en réchapper. »

Au moment où ils débouchaient sur la contre-allée, la 504 apparut, accélérant dans leur direction. Barty, hypnotisé par la bagnole, demeurait collé au sol.

« Qu'est-ce que t'attends, merde ! Arrose les pneus ! »

Jerry, de biais, vida le barillet sur le bolide qui chargeait. Barty ne bougeait toujours pas. La voiture était sur lui. A la dernière seconde, il se jeta de côté, évitant de justesse l'aile droite. Ce n'est qu'alors, de sa position couchée, qu'il se décida à ouvrir le feu, comme à regret. Les pneus encaissèrent les balles avant de claquer, puis s'étalèrent, inutiles, dans un flap-flap ridicule, sous les jantes lancées à une vitesse folle. Le véhicule partit dans une embardée qui le projeta sur un amas de ferraille contre lequel il rebondit pour finalement percuter une falaise de camions

190

désossés. Sous le choc, l'édifice cria, trembla, mais refusa de s'effondrer.

Barty était déjà sur les lieux. A la manière dont il posait la mitraillette contre la carrosserie, Jerry comprit que ce n'était pas la peine de se presser. La tête du chauffeur dessinait un angle inquiétant par rapport au torse. Il avait dû mourir sur le coup, la nuque brisée. Son compagnon n'était qu'assommé. Barty l'extirpa sans ménagement de l'habitacle pour l'adosser au pare-chocs arrière de la 504. Il était en train de le gifler lorsque Jerry le rejoignit.

« C'est ça, ouais, occupe-toi de lui et fais-le parler. Moi, je vais à la cabane. Ils ont dû tout planquer là-bas. »

La casse constituait effectivement la plaque tournante du trafic. Dans un bâtiment préfabriqué dont il crocheta la serrure, Jerry trouva ce qu'il cherchait. Une fortune colossale dormait sous le hangar sordide. Des sculptures inouïes, des assemblages inhumains, des toiles brillantes comme des comètes. Il sentit une présence malsaine le prendre à la gorge lorsque, malgré la faiblesse de l'éclairage, il remarqua les tons suicidaires des palettes, les formes torturées du marbre et l'immobilité résignée des architectures gangrenées. On aurait dit que tous les maux de la terre s'étaient déchaînés sur les artistes, les contraignant à exorciser de leurs mains la douleur qui leur tordait les entrailles.

Toute sa vie, il se rappellerait cette sensation d'étouffement, ce relent de mort qui, pour la seconde fois, lui caressait l'échine. L'impasse, la fin de tous les voyages, le néant. Cette image se glisserait parfaitement entre celles des villas éventrées par les bombes, du bras d'enfant tendu sous un cairn de mortiers éclatés, de la poignée d'yeux azur plantés dans les champignons Z, des files interminables de réfugiés qui traînaient les pieds dans la poussière comme si la honte leur avait soudé des boulets aux chevilles. A cinquante ans, les souvenirs de débâcle remontent à la mémoire avec la persistance des noyés.

Lorsqu'il revint à la 504, un tableau sous le bras emballé dans du papier kraft, le prisonnier avait repris conscience. Il oscillait dans la lumière rouge des feux arrière, tassé contre un pneu de trailer. Jerry remarqua l'ingéniosité du chauffeur qui l'avait ligoté avec des caoutchoucs d'isolation. Il attaqua aussitôt :

« D'où sort ce bordel dans ton hangar ?

— C'est à des amis. Ils comptaient se mettre au vert un temps.

— Je te préviens, tu vas déguster si tu persistes à jouer au con.

— Je blague pas. Les mecs entreposent leurs trucs, nous, on se sert. »

Jerry ferma les paupières. Il avait envie de se coucher là, de dormir jusqu'à ce que l'autre se décide à causer.

« Barty, tu me laisses la Thompson et tu vas chercher le rouleau de corde qui est dans le coffre.

— Une corde ? Mais il est ficelé comme un saucisson !

— T'occupes ! Tu ramèneras la Corvette du même coup. Fais gaffe, le chemin est mauvais. En passant, récupère Jimmy. »

Il se tourna vers le prisonnier.

192

«Comment on t'appelle?

— L'Espagnol.

— T'as rien d'un hidalgo mais c'est bon à savoir. Je déteste me débarrasser d'un type sans connaître son blaze. Oh, oh!»

D'un coup de reins, le captif s'était dégagé du pneu et fonçait sur lui, tête en avant. Jerry avait prévu la réaction. Il cueillit l'imbécile d'un swing au foie et le renvoya bouler dans son anneau de gomme. Puis il l'attacha à une carrosserie en bougonnant.

Il laissa le silence s'installer. L'autre gémissait. Dans le lointain, le turbo de la limousine peinait en reculant trop rapidement. Au bout de l'allée principale, le toit en zinc de l'entrepôt scintillait sous l'embryon de lune qui avait fait son apparition juste au-dessus de la départementale. La casse craquait au vent nocturne, on aurait dit un Titanic dont les pièces détachées auraient décidé de se réunir pour reconstituer le modèle originel loin des banquises.

«Approche encore un peu! Là, ça va.» La Corvette s'immobilisa, moteur allumé, à quelques centimètres du sol. «Prends la corde et fais un nœud autour de l'œillet du châssis. Voilà. T'en fais un autre là.»

Jerry indiquait le moyeu d'une Ford Capri ensevelie au pied du monticule, juste à côté du prisonnier. Les phares de la Corvette éclairaient la scène d'une lumière fade.

«Peut-être que tu comprends mieux maintenant? dit-il au gars qui le regardait, une expression de bête traquée dans les yeux. Alors, une dernière fois, d'où sortent les pièces? Barty,

installe-toi au volant. Au signal, t'avances lentement. Faut pas péter la corde, ça serait dommage.»

Jerry jeta la Thompson sur le siège arrière de
la Corvette et s'installa près du chauffeur. Le prisonnier l'appelait d'une voix hystérique. Il passa
la tête à la portière.

«Vous me relâchez. Après, je parle.

— Tu parles d'abord, après on voit. Vas-y,
Barty, avance.

— Non, non. C'est le *Relais à Hermann* qui me
fournit les pièces. Un bistrot dans le Sud, près de
Toulouse. Y a aussi le *Corsaire*, l'hypermarché à
la sortie d'Auterive. C'est dans le même coin.

— A qui on s'adresse?

— Hermann, c'est le nom du proprio. Pour le
Corsaire, demandez Schültz, au service des produits frais.

— Et le matos, d'où il vient? Où ils le récu-
pèrent?

— Ça, je sais pas. Moi, je fais que la distribution. J'ai une liste, des prête-noms qui servent de
couverture. Je leur livre la marchandise, après,
basta!

— Ce qui nous intéresse, nous, c'est les autres.
Ceux qui pondent ce genre de trucs.

— Puisque je vous dis que personne les
connaît.»

Jerry rentra la tête dans la limousine.

«Tu peux y aller, Barty. Pas de quartier.

— Attendez, merde…»

Le grondement du turbo enfla et le reste de la
phrase se perdit dans un fracas d'apocalypse. La
muraille s'effondrait avec des barrissements de

pachyderme blessé, broyant l'homme de mille façons. Derrière la Corvette, l'allée était à présent engloutie sous plusieurs tonnes de ferraille. Lorsque le chauffeur sortit pour dénouer la corde, la poussière le fit tousser.

Pas de sentiments. Au bout du chemin, il y avait le monde civilisé, en deçà, c'était l'enfer.

La nuit filait en silence autour de la bulle de lumière. De rares étoiles clignotaient comme autant de larmes d'argent. Barty avait posé les lunettes de Jimmy sur le tableau de bord. La branche droite était cassée. Jerry se crut obligé de se justifier :

«Jimmy lui aurait fait cracher d'où venaient les pièces. Je me suis trop pressé. Jimmy aurait su, lui. Il avait la classe. Le gars était prêt à parler.

— T'inquiète, Jerry, t'as fait ton possible. On tient le bon bout.

— M'appelle plus Jerry! C'est fini, ce petit jeu. Fallait être trois pour jouer. Sans Jimmy, on tourne la page.

— Mouais, je crois qu'on s'est fait tout un cinéma pour rien. Et puis d'abord, l'Amérique, c'est loin.

— On ira jamais de toute façon.

— Bof, c'est sans doute pas ce qu'on pense.

— C'est ça, ducon. Tu redeviens Barthélemy et moi, Jérémie.»

Sous un pont de chemin de fer, du côté de Cergy, la lune, vérolée comme une Antillaise, jouait sur des poubelles renversées et le monde pourrissait entre des épluchures d'orange.

V

RETOUR

1

Il allait me falloir rentrer en voleur. Les premières vagues roses dans le cou, je suivrais mon ombre sur le sentier de gravier.

Sans doute m'arrêterais-je près du sapin aux aiguilles peintes par le givre. Emma l'avait planté dix ans plus tôt. Alors, son sourire éclatait au moindre prétexte. C'est cette image d'elle, au pied de l'arbre, les mains dans la terre noire, que mon cerveau avait fixée pour lutter contre la réalité.

Dans mes rêves, Emma était toujours en mouvement : courant derrière un paon de jour, pédalant dans un chemin creux, sous un rayon de soleil égaré dans les sous-bois. Sa robe de dentelle tournoyait derrière mon front avec l'élégance nostalgique d'un manège de chevaux de bois. Elle ne s'arrêtait jamais de danser, ou plutôt, je faisais en sorte que le mécanisme animant ses jambes parfaites soit perpétuellement remonté. Car je devais me l'avouer, ce n'était plus une Emma de chair et de sang que je chérissais, mais un automate qui aurait vécu par procuration les meilleurs moments de la vie d'Emma.

Derrière le sapin, la porte serait là trop tôt. Bien sûr, je la pousserais. Elle s'ouvrirait en crissant sur le vestibule beige. Une tombe. Filou n'aboierait pas, il savait. J'essaierais de glisser en fantôme jusqu'à la cuisine. Persuadé qu'elle avait entendu le cliquetis de la clé dans la serrure, je m'attendrais que sa voix aigre me harponne à tout moment. Si, la veille, elle n'avait pas pris ses comprimés, cela ne manquerait pas, elle m'appellerait. J'avais beau me croire chrétien, plus d'une fois j'avais souhaité retrouver le flacon vide. Mais mon Emma s'accrochait à la vie avec la même force que ses griffes lorsqu'elle déchirait les draps au moment où la douleur se faisait insupportable.

Elle appellerait quand l'espoir de ne pas l'entendre naîtrait. Filou japperait. Je reviendrais sur mes pas en conjurant les meilleures images du passé. Je la saurais dans la pénombre, sans la voir, clouée sur sa couche comme une chauve-souris sur le portail d'une ferme. Je poserais les yeux sur l'arsenal de tubes aux étiquettes rouges. Dernier rempart avant la mort. Illusoire. Pris d'une ivresse malsaine, je reniflerais l'odeur entêtante. Des vêtements de femme, robe, bas, soutien-gorge, seraient fripés sur le valet de nuit. Je les caresserais d'un geste machinal. Enfin, je me résoudrais à affronter la tache blanche bouffée par des yeux dilatés, posée au-dessus de la couverture telle une baudruche fanée. Le blanc de son visage aurait la couleur du sirop d'anis et, sur moi, le même effet que ce dernier. A vomir.

Ses lèvres pincées quémanderaient une explication, un bredouillement. Pour couper court au rituel, je jetterais sur le couvre-lit la maigre liasse de billets avant de fuir jusqu'au réfrigérateur, dans la cuisine. Je décapsulerais une bière. Le clapotis des bulles tout près de mon oreille m'empêcherait d'entendre les gémissements venus de la chambre. Mais il ne durerait pas et les reproches viendraient s'enrouler à mon cou comme autant de nœuds coulants.

Malgré le soleil qui m'envelopperait de coton, j'ouvrirais alors, doucement, la porte de la véranda et j'irais fouler le gazon humide de rosée pour ne pas la fouler, elle. Les yeux et la truffe humides, Filou me ferait fête mais je n'aurais pas le cœur à jouer. Je lui raconterais mes malheurs sur fond de soleil levant, assis près du Cupidon en plâtre, et il comprendrait.

Si, à mon retour, elle ne s'était pas calmée, j'irais me reposer sur la couchette du camion. Avant de m'endormir, je me reprocherais de la haïr si fort, et surtout d'être resté amoureux de l'Emma que je dorlotais dans les replis secrets de mon cœur. Je chercherais les points communs entre la méduse anis collée au fond de son lit et l'adolescente poursuivant sa capeline parmi les ajoncs et les éclats de rire. Et je sombrerais dans un sommeil nauséeux sans avoir eu le courage de glisser jusqu'au Pays des Merveilles d'Alice.

Jusqu'à quand croirait-elle que je pouvais la sauver ? Jusqu'à quand en serais-je persuadé moi-même ? Cette nuit portait un coup fatal à mes espérances. La commission qu'allait me donner Jack serait en deçà de mes estimations les plus pessimistes. *Mea culpa!* En actionnant le clavecin de Staline, j'avais tué Emma aussi sûrement que si je lui avais planté un couteau entre les côtes. Aussi sûrement que ces salauds de toubibs qui avaient craché sur le serment d'Hippocrate pour vendre le traitement au plus offrant. Si je liquidais le Saviem sans rembourser l'Espagnol, il me manquerait encore un joli paquet de millions.

Bon Dieu, Jack aurait pu m'avertir par le talkie! Il y avait une fortune dans la cour de la Faculté. De quoi offrir un traitement anticancéreux à tous les malades du Sud-Ouest. Même maintenant, la valeur des trois statues dépassait largement la somme exigée par les bourreaux en blouse blanche. De superbes pièces! Quand j'avais ramassé la main d'argile dans l'herbe en flammes, j'avais ressenti une sorte de communion avec la terre. Un truc inoubliable, comme ma première rencontre avec Emma, dans le petit café sous les tilleuls à La Ramée.

Supporter l'inéluctable, quelle comédie! Je ne pourrais pas, je n'en aurais pas la force. Je la ferais taire. Ses accusations acerbes, elle les garderait au fond de la gorge. D'ici à Pinsaguel, j'aurais trouvé la solution... du moins, une solution.

Nous avons franchi sans incident la Périf et ses escouades de gardes. La technique était bien rodée. Une fois dans le Black, le volant se mit à vibrer si douloureusement au fil des plaques de sable que je dus ôter mes gants. La chaleur devenait intolérable au bout de mes doigts écorchés.

A chaque embardée, j'avais l'impression qu'on m'arrachait ce qui me restait d'ongles.

Si Jack n'avait pas eu le bras en écharpe, je lui aurais volontiers cédé ma place. Nous formions un sacré duo d'éclopés. Jack était fini. Un bras en moins dans les Cercles, ça ne pardonne pas. J'étais persuadé que les tendons étaient tranchés net, mais je m'étais bien gardé de le lui dire.

Nous n'avions pas desserré les dents depuis la Fac. Dans le silence, nos pensées semblaient exploser. Il fallait crever l'abcès. Ce fut Jack qui s'y attela.

«T'as voulu te débarrasser de moi sur le pont. Quand je me coltinais le dingue au fusil.»

La voix, terne, comme si elle alignait les cours de la Bourse. Aucune passion entre les mots. Et le contenu de ces mots! Mais qu'est-ce qu'il allait chercher là? J'eus soudain pitié de lui. Son cerveau ne devait être qu'une passoire, avec plus de trous que de matière organique.

«Oh, tu débloques?

— Fais pas l'innocent. T'as gueulé au moment où je lui tombais sur le paletot. Tu l'as même prévenu que nous étions deux.»

Il délirait. Si j'avais pu quitter des yeux la portion de sol balayée par les projecteurs, j'aurais sans doute aperçu en filigrane la méduse noire qui tirait ses traits comme des filins.

«Pauvre con, je voulais juste lui foutre la trouille. Pour qu'il se rende…

— Ça se serait pas passé comme ça, tu le sais. Le vieux était ravagé par les Z. Il comprenait rien. Je crois, moi, que t'avais juste prévu qu'il se retournerait pour me flinguer.

— Je prévois rien, moi, hurlai-je. Je vis dans le présent, pas comme toi. Je suis normal, moi.

— Et à la Fac, t'as pas voulu me faire la peau peut-être ? T'as calciné l'entrée pour me faire plaisir, c'est ça ? Ne mens pas, tu savais que je me planquais derrière ! Regarde ! Un peu plus, t'avais gagné. » Il me brandissait sa main enveloppée de gaze puante sous le nez. « Désolé, mais maintenant, ça va être plus dur. »

Foutu parano… J'avais accéléré comme quand Emma m'engueulait. Des idées stupides m'encombraient le cerveau. J'en venais à souhaiter qu'il fût mort dans l'incendie de la Fac. Un ou deux cadavres, je n'aurais pas fait la différence. La nuit blanche s'appesantissait sur mes muscles endoloris, m'entraînant de plus en plus loin dans le cauchemar.

Et il continuait, l'inconscient, sans se rendre compte qu'il enfonçait des clous dans un cercueil vide. Emma jouait parfois de cette manière avec mes nerfs. A la maison, il me restait la solution de me boucher les oreilles ou d'aller patauger dans le jardin, sous les étoiles. Mais ici, dans cette cabine exiguë, les mains collées au volant, j'étais obligé de supporter ces accusations ridicules sans broncher.

Pas trop tôt ! Une île de terrain solide venait d'apparaître dans le faisceau des phares, au milieu du no man's land. Je serrai les freins aussitôt. Laissant le moteur allumé, je sortis dans la nuit pour échapper au monstre qui prétendait me juger. Comme si j'avais des comptes à rendre à un mutant !

Je compris mon erreur lorsque j'entendis claquer la portière du côté passager.

« Tu pourrais me répondre, ordure ! »

Pourquoi me harcelait-il ? Je n'avais rien à me reprocher. Ce n'était qu'une suite d'accidents fâcheux. Il se planta devant le camion. Son ombre s'allongeait jusqu'aux ténèbres, sa silhouette couvrait le monde. Je me retournai et le regardai droit dans les yeux. Qu'il était laid sous le scalpel des projecteurs ! Son teint olivâtre fondait à la lumière trop vive. Ses yeux, des gouffres obscurs pendus à l'arc de ses sourcils protubérants. Pas d'expression sur ce masque. Seule, la bouche obscène qui remuait et crachait des serpents.

« T'es qu'un incapable ! » Souvent Emma m'appelait ainsi. « A part poser le cul dans ton bunker de plomb sur roues, tu sais rien faire de tes dix doigts. T'es rien qu'un raté, Phil. »

En observant son visage blanchâtre posé sur le cuir noir de son gilet, des visions d'anis me montaient lentement au cerveau. J'étais dégoûté. Si c'était ça, l'avenir de l'humanité, on n'avait rien à craindre. Personne ne supporterait ces monstres. Il y aurait des pogroms, des lynchages, mais ils ne s'en sortiraient pas. Toutes leurs facultés extrasensorielles ne les empêcheraient pas d'être exterminés.

Qu'allait-il faire de l'argent des statues ? Le claquer chez les putes du jet-set qui, en une nuit, lui pomperaient la valeur de mon camion. Et qu'en retirerait-il ? Des regrets lorsqu'il serait au bout du rouleau. C'était le genre de type qu'on retrouve toujours au bord du précipice, les yeux rivés au vide. On ne pouvait lui rendre qu'un service, le pousser. Foutue larve !

« Dis-moi au moins pourquoi tu voulais me faire la peau ? Je croyais qu'on était frères, sur le coup. Merde, t'as trop changé, Phil. »

Où étais-je ? Qui me parlait ? Dans une chambre empestant la mort, une boule blanche, posée sur un oreiller sale, éructait de ses lèvres atrocement maquillées : « T'as trop changé, Phil. » L'instant suivant, la terre craquelée du Black s'étendait autour de moi, époussetée par le chiffon doux de la bise. Aux pieds de Jack, des nuages jaunes voletaient et la boule anis au creux de l'oreiller vomissait : « T'as trop changé, Phil. »

Je n'aurais jamais cru qu'il me faudrait en arriver à cette extrémité pour fermer ces bouches hargneuses, pour laisser la place au silence. Pendant longtemps, j'avais espéré qu'elles se tairaient d'elles-mêmes, étouffées par leur propre venin.

Un coup de feu suffit. Je restais là à trembler, la Winchester lourde, lourde contre ma hanche. Emma puis Jack avaient disparu comme par enchantement dans l'angle mort des projecteurs. Pourquoi n'avais-je pas tiré plus tôt ? C'était si simple.

Puis je me rendis compte que la balle avait fait une autre victime. La poupée qui virevoltait sous mon front était tombée aussi. Je multipliai les efforts pour la ranimer, appelant toute la puissance de mon imagination à la rescousse. Hélas, peu à peu les fleurs de sa jupe corolle se fondaient parmi les bleuets et les coquelicots. Bientôt, il ne me resta plus qu'un visage translucide au travers duquel je lisais les premiers espoirs d'une liberté retrouvée.

Devant mes yeux voilés par la fatigue, le cadavre de Jack attendait. Le vent taquinait, sans parvenir à les démêler, les boucles brunes dont la poussière atténuait déjà l'éclat.

J'étais en train d'épousseter les grains grisâtres qui s'obstinaient à camoufler le sourire de Jack lorsque, venant de la Périf, apparut une rangée de phares vacillants. Le convoi du Syndicat était de retour. D'un bond, je me jetai dans la cabine pour éteindre les projecteurs.

La chenillette oscillait régulièrement dans le rétroviseur. Elle passerait plus au nord, c'était maintenant une certitude. Je ne m'en trouvais pas pour autant rassuré. Quel rôle jouait le convoi dans la tragédie ? Trop de coïncidences accompagnaient ses manifestations. Il était apparu lors de la dernière crise de Jack et maintenant lors de sa mort. Messager divin, était-il destiné à servir de ponctuation dans une existence trop linéaire ? Si le convoi fantôme n'avait pris aucune part aux événements de la nuit, il n'en constituait pas moins une sorte de témoin hors normes, aveugle et muet, un agent qui, je le sentais, allait encombrer mon esprit de remords inutiles.

Entre-temps, il poursuivait son lent cheminement, sans conscience, comme un œil de lumière braqué sur mon âme. Caïn n'avait pas fini de brûler en enfer. Quand il eut dépassé ma position, entraînant à sa suite le cortège de contradictions qui l'accompagnait, le sortilège s'évanouit. Mes idées tournaient de nouveau clair. Je n'oubliai pas la pelle en sortant du poste de pilotage.

Je n'avais pas osé rallumer la rampe. Je contournai le capot du Saviem à tâtons. La lueur de la lune et des étoiles était insuffisante. Alors que je me baissais pour tirer le cadavre un peu plus loin, mes doigts bandés balayèrent le vide. Enervé, je lâchai la pelle, tombai à genoux.

Rien. Rien, rien, rien.

J'avais beau explorer, bras tendus, la surface sablonneuse qui entourait le point présumé de sa chute, je ne trouvais toujours rien. Au fur et à mesure que mes recherches se faisaient vaines, mes mouvements devenaient saccadés, la panique inondait mon corps d'une sueur pernicieuse.

Seigneur! Où était-il passé?

Je relevai la tête, à bout de nerfs. Deux fentes dorées me fixaient dans les ténèbres. Je reculai, trébuchai sur le manche de la pelle, m'écrasai les reins contre les protubérances du pare-chocs. Les yeux dans le noir s'étaient multipliés et valsaient au rythme fou de mon sang. Je glissai, le dos meurtri par la herse du Saviem. Quand j'atteignis la portière, les bandes de gaze, déchirées par les aspérités de métal, pendaient au bout de mes mains comme des lambeaux de chair avariée.

Il fallait que je me reprenne si je ne voulais pas devenir branque. J'étais certain de lui avoir balancé un pruneau dans le crâne. C'est rare, mais il y en a qui en réchappent. Peut-être rôdait-il dans la zone obscure, la tête ensanglantée, les gestes mécaniques? En quête d'une vengeance terrible.

Je verrouillai la portière en chuchotant:

« Jack, j'étais coincé. Comprends. »

Mes murmures se perdaient dans le hurlement du vent qui avait redoublé de violence. La poussière sifflait dans les bouches d'aération, m'asséchant les lèvres, m'emplissant les narines d'une odeur âcre. Les talents particuliers de Jack me revenaient à l'esprit et cela décuplait ma peur. La mort n'avait-elle plus de prise sur lui ? Tournait-il autour du camion comme une âme damnée, attendant de pouvoir enfoncer ses doigts calcinés dans ma gorge ?

Malgré sa masse, la superstructure du half-track oscillait sous les vagues de la bourrasque. Les lames violentées des amortisseurs gémissaient. Mon imagination avait brisé le barrage de la raison pour m'imposer des images horribles : avec la complicité de la tempête, Jack ébranlait le Saviem pour me contraindre à sortir de mon abri de métal. Il allait crever les pneus, démonter les chenilles. A pied dans le Black, je n'avais aucune chance.

Au mépris du danger, j'allumai les phares. Un rire nerveux me plia sur le volant. Parmi les volutes sombres tournoyant sous le feu des lampes, le corps de Jack dormait, fouetté par le sable. Il n'avait pas bougé. J'avais dû le frôler cent fois, tourner autour, puis, la panique aidant, m'en éloigner.

Je pelletai la terre aride à un pied du cadavre. Le manche était rouge de sang quand j'estimai le trou assez profond. La douleur m'aidait à tenir le coup. Je poussai le corps dans le caisson irrégulier. Il avait pris la teinte morne du sable. Je refermai le trou. Le vent se serait chargé de ce sale boulot, mais je devais bien ça au Jack Slinger de la grande époque. Un sacré bonhomme. Qu'Emma survive et j'appellerais notre enfant Jacques. Ou Jacqueline. Promis, juré.

Je ne prononçai aucune oraison funèbre sur le tumulus.

En m'installant au volant, je me demandais jusqu'à quel point ce salaud n'avait pas monté le dernier acte de toutes pièces, faisant de moi le tueur qu'il n'avait pas osé être pour lui-même. La violence improbable avec laquelle il m'avait agressé, même verbalement, ne lui était pas familière. Sans doute Jack m'avait-il contraint à l'abattre. Je le voyais bien, du bout de ses sarcasmes, me manipulant jusqu'à ce que mon doigt appuie sur la détente. Quel rêve malsain avait hanté son esprit tortueux? Face à la médiocrité de ses aspirations et de son avenir, s'était-il sacrifié pour sauver Emma? C'est si facile de croire aux contes de fées.

Je songeais à son don en nettoyant le manche de la pelle. Lui qui se moquait du présent, avait-il lu sa mort dans le futur et s'était-il conformé à la destinée qu'il y avait vue tracée? Cette explication dépassait mon entendement. Mais comment interpréter, sinon, la phrase anodine qu'il m'avait jetée avant de s'enfoncer dans le Red, un truc du genre *« Les ennemis ne se cachent pas toujours là où on pense »*? Sans doute n'était-il pas persuadé de l'inéluctabilité de son destin car il avait ajouté, si je me souvenais bien: *« Un chrétien ne peut pas être entièrement mauvais… »*

Que de questions sans réponses! Ce n'était ni

le lieu ni le moment de réfléchir à tout ça. Je
m'attendais à chaque instant à voir l'orient s'ouvrir sous les coups de boutoir du soleil.

La montre de bord indiquait cinq heures trente-
quatre quand je démarrai.

2

A six heures moins le quart, je sortais du Black.
A six heures moins le quart, je réintégrais ma
défroque normalisée dans un monde normalisé. A
l'intérieur de la remorque reposaient trois statues
qui allaient apporter la révolution dans l'univers
des arts, et surtout dans ma vie. Du moins, je l'espérais.

La bulle du soleil n'avait pas encore explosé à
l'horizon lorsque je garai le camion dans le parking du *Relais*. Les premières écharpes de sang
se déroulaient sur le fond gris du ciel oriental. En
surimpression, l'enseigne de néons clignotait
stupidement au bout du mât. Je vérifiai avant
de sortir si les camouflages de l'arsenal étaient
en place. D'une pression de l'index, j'avais transformé mon véhicule en fourgon frigorifique
banalisé. L'usage des chenillettes pouvait s'expliquer par le terrain accidenté des régions que je
desservais. Il m'arrivait encore d'obtenir des
livraisons pour certains villages reculés des Pyré-
nées situés dans des zones inaccessibles aux antigravs et dont le budget communal ne suffisait pas

à couvrir les frais de déplacement par hélico. J'avais ainsi établi un petit circuit qui me permettait de survivre et de justifier mes rentrées d'argent.

Le parking était presque désert. Dans un quart d'heure, les véritables clients arriveraient pour le café du matin ou pour arroser leurs problèmes. J'entendis la porte du bistrot s'ouvrir puis se refermer. L'absence de Jack avait déjà fait son effet. Les mains dans les poches, Hermann s'approchait en traînant la savate. Sur son épaule, un torchon blanc. Une barre traversait son front dégarni. Dans chacun de ses pas, je pouvais lire une myriade de points d'interrogation. Ça me faisait mal au cœur de lui mentir et j'ignorais si j'allais me montrer convaincant. J'aurais préféré lui avouer que j'avais tué Jack Slinger. Pour Emma. Pour Jack. Il aurait compris, mais il ne m'aurait pas pardonné. Je décidai de répondre à la question qui lui brûlait les lèvres alors qu'il se trouvait à mi-chemin du camion :

« Jack a été abattu dans le Gold. Un vieux fou qui avait déjà descendu trois gars du Syndicat. »

Il s'arrêta net, comme si tous les verres qu'il avait astiqués durant sa vie de barman lui avaient soudain échappé des mains.

« La moto est restée là-bas. »

Il secouait la tête, immobile au centre du terre-plein. L'enseigne inondait son dos de messages brutaux. Une saute de vent arracha le chiffon de son épaule et, un instant, il resta éperdu avant de se lancer à sa poursuite. La vie reprenait son cours. Quand il revint sous les éclairs des néons, ses joues semblaient briller d'avoir été hâtivement essuyées. Il se passa la main dans les cheveux, se gratta la nuque et dit d'une voix bourrue :

« Ça devait arriver. Je savais qu'il y resterait, le con. Y avait un appel en lui, une pulsion de mort qui demandait qu'à éclater. Une bombe à retardement. » Me voyant prêt à intervenir, il ajouta : « Je sais, c'est pas un suicide, mais c'est tout comme. Un type m'a dit un jour : On a la mort qu'on mérite. C'est particulièrement vrai pour Jack. Chaque fois que je le croisais, je me demandais combien de temps allait durer le sursis. Il a poussé sa chance un pont trop loin. Montre-moi tes mains... »

Pendant que je lui racontais l'épisode du passage piégé, je songeais qu'on ne pouvait composer meilleure épitaphe pour Jacques Colin. Comment son histoire se serait-elle terminée autrement ? Avec un brin de jugeote, l'homme se serait retiré de la course en empochant un magot qui aurait laissé rêveur n'importe quel searcher. Mais cette fortune, il l'avait jetée aux quatre vents en échange d'illusions fugaces, de rêves.

Je crois même qu'il avait laissé tomber les grandes idées conformistes qui constituent les piliers de notre civilisation. A commencer par la religion, par Dieu. L'édifice de son existence était branlant, toujours à la limite de l'effondrement. Il avait placé la barre de ses aspirations si haut qu'il n'avait aucune chance de se réaliser. De sorte qu'il était passé à côté de l'amour comme un express dans une gare de province. Sans s'arrêter. J'étais trop jeune pour avoir connu Chantal, sa femme, mais l'image que colportaient les collègues aurait suffi à rendre heureux n'importe quel mâle normalement constitué. Quand elle avait péri lors des bombardements de Paris, il en avait profité pour jeter sa vieille peau et endosser la panoplie étoilée de Jack Slinger, le searcher au nez creux.

Tout se serait bien passé s'il ne s'était cru obligé d'honorer la légende qui montait à petits pas autour de son nom. En l'espace d'une année, il était devenu un monstre des médias, traînant ses catins magnifiques du *Crillon* à l'*Ubu*, de la coke à l'*XTC*, du nouveau Montparnasse au *Ruhl* de Nice, et les billets avaient filé dans les courants obscurs des nuits branchées. Seulement, au bout de la rivière, il y avait les rapides, la chute mortelle.

Comme une Danaïde, Jack devait remplir un tonneau sans fond. Il était allé une fois de trop à la source.

S'il n'était pas tombé sous mes balles, il y aurait eu mille carrefours où le destin l'aurait attendu avec sa patience légendaire. Simple question de temps ! Après tout, il n'était encore qu'un homme, même s'il aspirait à autre chose. Pas un mutant invincible, un foutu homme que la mort guettait au tournant.

« Tout fiche le camp, Phil. » Les doigts d'Hermann s'enroulaient dans le chiffon. « Un Hindley déplacé, tu me dis ! Les fuites sont impossibles, tu connais notre système. »

Si la fin de Jack avait profondément ébranlé l'ami fidèle, quoique celui-ci en eût pressenti l'imminence, le piège de la Périf, lui, secouait plus profondément encore le chef du réseau.

Hermann avait bâti un monde complexe autour du *Relais* et cette simple faille remettait en question son intégrité.

Nous étions plantés au milieu du parking depuis dix minutes. Le vent de cette fin d'automne avait les dents d'un noroît hivernal. Hermann me prit par le bras et m'entraîna vers la lumière chaude du bar.

« On va attraper la crève, fiston. Un temps de chien ! »

Je m'attablai devant un bol de potage fumant.

« T'as du matériel à fourguer, je présume. D'ordinaire, Jack s'occupait lui-même de la distribution. Tu veux un coup de main ? T'as besoin de liquide ? Tout de suite ? Dès que t'as fini, on déchargera les pièces dans la remise. Je les ferai passer à l'Espagnol par le bahut de mardi. »

Du côté de Villefranche, le soleil naissait et sa lueur tristement orangée inondait la verrière. J'avalai le fond de soupe et repoussai la chaise.

« Faut y aller, Hermann. C'est pas prudent d'attendre plus longtemps. »

Nous transportâmes les trois statues enveloppées de leurs linceuls en toile de tente dans la cabane au fond du jardin. J'y déposai aussi les fragments. Il fit une moue.

« T'en tireras rien tout de suite. Mais dans quelques mois, ça risque de valoir du pognon... une fois que les statues auront fait leur effet.

— Tu sais, cette cargaison, c'est la dernière chance pour Emma. Je te cède tout, fais-moi un chèque. J'ai pas le temps de poireauter. »

Le barman s'agenouilla sur le sol de terre battue et écarta doucement les pans de toile qui recouvraient l'une des silhouettes allongées. J'eus la nette impression d'entendre un cri de mouette, de sentir la fragrance des embruns. Il soupira puis remmaillota le mannequin d'argile. Sans se retourner, il me confia :

« Quand je les vois comme ça, avec cette envie de parler, je préfère pas écouter. La mort de Jack n'aura pas été une perte pour tout le monde. Tu vas pouvoir te refaire une vie avec ça. T'as besoin de trente briques pour le traitement d'Emma, c'est ça ? Je t'en offre quarante-cinq. Ça va ?

— Au poil. »

Mal à l'aise, je sortis de la cahute. Des mecs traînaient devant le bistrot. Je l'appelai :

« Tu devrais venir, y a des gars qui ont soif.

— Suis-moi. Je te fais la piqûre et je te donne le chèque. Plus cinq cent mille en billets pour parer au plus pressé. On discutera de l'Hindley après. J'ai ma petite idée là-dessus. »

Quand j'émergeai de l'arrière-salle, je ne me sentais pas bien. Je ne supportais pas les piqûres. Déjà, une bonne partie des souvenirs de la nuit avaient été effacé par la drogue. Mes doigts enfouis dans la poche arrière de mon jean ne se lassaient pas de chercher parmi les billets le papier craquant du chèque. Saoulé par le brou-haha et le va-et-vient des consommateurs, je m'assis à ma table habituelle et, la tête sur mes bras croisés, sombrai dans un sommeil agité.

La poigne d'Hermann me repêcha. Les lampes d'ambiance étaient éteintes, la clarté du jour banalisait la salle. Il faisait soudain très froid malgré le soleil qui tapait sur la verrière. Comme un poivrot sur son trottoir, je remontai le col de mon cuir. Deux ouvriers étaient accoudés au comptoir devant une série de chopes, deux types en costume venaient de s'installer à la table voisine.

« Va falloir te casser, Phil. Mais avant, je sers les bourges et on discute. »

Emma devait être folle d'inquiétude. Je palpai ma poche ; le chèque et le liquide étaient là. Il y avait longtemps que son rire n'avait éclaboussé les murs de la chambre. J'avais oublié la manière dont ses traits s'agençaient pour accoucher du rire. Plissait-elle le nez comme un jeune chat ? Je ne me faisais pas de souci, elle réapprendrait vite. Je me sentais capable de l'aimer de nouveau, de déverser en elle ce trop-plein que le désespoir m'avait fait prendre pour de la haine. En trois mois, le traitement la remettrait sur pied. Cela nous renvoyait début février. Le temps d'oublier le ballon couleur anis, couleur orgeat. On changerait de domicile. Les mauvais souvenirs ont tendance à s'incruster dans les tapisseries, les meubles et les habitudes.

Les costards avaient pris deux cafés. Après leur avoir posé les tasses sous le nez, Hermann s'était installé en face de moi. Les rêves empilés derrière mes paupières devaient éclater au grand jour car, gêné par mon bonheur, il détourna les yeux.

« Emma t'attend, je sais. Tu l'embrasseras pour moi. Mais avant, nous devons prendre une décision. A cause d'un salaud, les copains risquent leur vie à chaque passage de la Périf.

— Avertis les équipes. Qu'elles lancent une simulation avant de s'engager !

— C'est pas la solution. Pendant trois mois,

vous ferez gaffe, puis vous oublierez, et c'est à ce moment-là que l'accident surviendra. Y a pas à finasser, faut trouver le responsable.

— Comment tu veux ? Y a trop de suspects. Les gars du Syndicat, un free-lance, peut-être même l'un d'entre nous.

— C'est vrai, Phil, mais je dispose de quelques points de repère. Tu sais comment marche notre combine... Avant chaque expédition, je confie les coordonnées d'un Hindley au roadrunner. Par hypnose chimique. On sait jamais ; tu peux avoir besoin d'un itinéraire de secours au cas où ton propre Hindley serait inaccessible.

— C'était le mien qu'on avait trafiqué, cette nuit, précisai-je, sur la défensive. Pas celui de secours.

— Laisse-moi finir. Un blocage paralyse le cerveau du conducteur et de son équipier, leur interdisant de noter ou de mémoriser cette information. La seule personne en possession de tous les Hindleys, c'est moi. Tu sais que j'inscris chaque passage sur un carnet. Je suis allé le consulter pendant que tu roupillais. Tu te rappelles Altman ?

— Le gars qui a disparu il y a trois mois dans le faisceau 78 ? Avec Radyah ?

— Ouais, les deux amoureux en camion américain.

— C'est pas eux dont on a retrouvé le Mack carbonisé dans le no man's land ? Un accident curieux... Aucune trace des corps, mais une piste du côté du Syndicat, si je me souviens bien.

— Selon mes notes, ce sont les derniers à avoir utilisé ton passage. Les auxiliaires, je les tire au hasard, et le tien n'est pas sorti depuis cette nuit. »

Je l'interrompis d'une voix hargneuse :

« Est-ce que tu m'accuserais d'avoir trafiqué mon propre passage ?

— J'ai rien dit de ce genre, mon garçon. Le fait que Jack soit pas revenu ne plaide pas en ta faveur... » Je blêmis. Il poursuivit : « ... mais te bile pas, t'as quand même la chance avec toi. Le père Fayolles est passé me voir la semaine dernière.

— Qu'est-ce qu'il vient foutre, le vieux pif, dans notre histoire ?

— C'est peut-être l'ivrogne le plus con de la région, je te l'accorde, mais mine de rien, il jette un œil partout. Il m'a raconté qu'il avait vu un type de chez nous entrer au *Corsaire* d'Auterive.

— Tout le monde n'est pas censé savoir que le *Corsaire* est la plaque tournante du Syndicat. On peut aussi y faire ses courses — un hypermarché...

— Un de mes gars au *Corsaire* ! Tu plaisantes ?

— Mouais. Maintenant que tu le dis, il me semble que Jack se méfiait de tout le monde, ces derniers temps. Tu l'as fait dézinguer, la balance ?

— Y a un petit problème. Fayolles a décrit le type en question comme un blondinet à la barbe marxiste, voûté comme un palmier.

— Altman ! Ton poivrot s'est foutu de ta gueule.

— C'est ce que je me suis dit, d'abord. Je suis bien placé pour savoir que l'alcool encombre les méninges. Mais il a ajouté que le mec l'avait reconnu et menacé s'il ouvrait le bec.

— Seigneur! Où veux-tu en venir?

— Tu connais pas les conditions d'accès au Syndicat? Pour y entrer, on doit apporter au moins un Hindley. Je te parie qu'Altman et sa gonzesse leur ont filé le tien avant de simuler une attaque sur le Mack. Bon Dieu de merde! Ça m'étonnerait pas qu'ils aient aussi trafiqué leur propre Hindley. Attends que je vérifie s'il a été utilisé depuis l'accident.»

Hermann s'était levé, je m'apprêtais à l'imiter et à rentrer.

«Une minute encore, s'il te plaît! Il m'en faut pas plus pour feuilleter le calepin. Au moins tu auras l'esprit tranquille pour retrouver Emma.

— Dépêche-toi, je suis vanné.»

Le Wurlitzer jouait un vieux blues de Sonny Boy Williamson. Je faillis pleurer d'épuisement.

3

Je passai derrière le bar pour me tirer une bière pression. La main sur la manette chromée, je laissai mon regard parcourir la salle. L'heure creuse. Il ne restait personne à l'exception d'un des gars en costume qui me dévisageait avec insistance. Enfin, il détourna les yeux pour se curer le nez. Son copain devait être fourré aux chiottes. Machinalement, je balayai le parking. Une Corvette antigrav était garée près du Saviem. Je consultai l'horloge Pernod au-dessus des bouteilles. Dix heures trente. Sous la raclette, la mousse glissa du bock dans les trous de la plaque inoxydable.

Au moment où j'approchais la bière de mes lèvres, j'aperçus une ombre dans la cabine du half-track. Je contournai le comptoir en hurlant:

«Hermann, on me tire le camion…» pour me retrouver avec un automatique braqué sur le ventre.

Le client en costume gris perle souriait méchamment.

« Si j'étais toi, petite tête, je me poserais sur la chaise, là-bas. »

Il fit signe à Hermann qui déboulait de s'asseoir à côté de moi. Je me demandais pourquoi le Syndicat avait décidé d'agir en plein jour. A tout instant, un client pouvait entrer et constituer un témoin gênant. Hermann secoua sa tête de fauve d'un air peiné.

« Comment vous comptez vous en tirer ? Gros Tim ne vous soutiendra pas. Il est trop intelligent pour se risquer dans une guerre ouverte avec nos gars. »

La tirade du barman sembla amuser l'homme au pistolet. Il avait l'air d'un vicieux, un de ces allumés qui n'hésitent pas à vous péter un tibia, histoire de montrer qu'il est le plus fin.

« Parle-moi de ce Gros Tim, proposa-t-il. Nous avons un peu de temps devant nous et j'adore me cultiver avec des bavards de ton espèce. »

Je ne pus me retenir. Les événements de la nuit m'avaient fragilisé les nerfs au point qu'ils vibraient comme des cordes de piano.

« Dis rien, il se fout de notre poire.

— Au contraire, ducon. D'ailleurs, ton ami n'a pas le choix. »

Il nous le prouva en envoyant une balle fracasser le percolateur. La détonation éclata dans l'espace confiné avec une puissance telle qu'un bourdonnement s'attarda dans mes tympans. Elle avait dû s'entendre jusqu'à la mairie, sinon jusqu'au commissariat. Merde ! Ces gars-là n'étaient pas du Syndicat ! Ils n'appartenaient pas non plus au circuit du Gold, car dans le milieu, Gros Tim était aussi connu que la baleine blanche. Les légendes courant sur le patron du Syndicat faisaient de lui l'un des rares survivants de l'ère des pionniers. On racontait même qu'il devait sa jambe artificielle au laser d'une escouade de la Périf.

Fasciné par le jet de vapeur fusant du ventre de la machine blessée à mort, Hermann se mit à parler d'une voix hachée.

« Tim, c'est l'enflure qui a monté le Syndicat, du moins à ce qu'on raconte. En tout cas, c'est lui qui le dirige aujourd'hui. »

La porte s'ouvrit à la volée et l'autre individu en zoot suit pénétra dans la pièce, ma Winchester à la main.

« Cool, Jérémie?

— T'inquiète, je leur déliais la langue. Finis de passer le camion au peigne fin.

— C'est dingue! Le gus a camouflé une artillerie de porte-avions sous son capot. On tient la queue du Mickey, j'te dis. »

Il sortait lorsque Jérémie le rappela :

« Barthélemy! Si les flics se pointent, tu les fais patienter dix minutes. Mes clients sont des puits de science et leur langue les démange. »

Le sifflement de la vapeur s'était tu, remplacé par un gargouillement sinistre, comme si le percolateur se vidait de son sang.

« Et le Syndicat, c'est quoi?

— Un groupement de searchers et de roadrunners. Ils mettent en commun les ressources dont ils disposent pour explorer les Cercles, ou plutôt pour enrichir...

— Pas si vite! Vous avez pénétré dans une zone Z? »

L'homme avait pris l'expression d'un Martien de la Metro Goldwyn descendu sur Terre par le dernier train. Hermann hésita. J'essayai de lui allonger un coup de pied sous la table, le manquai.

« Des gars ont réussi, ouais. Vous allez pas tarder à me demander pour quoi faire, alors...

— Te fatigue pas ! Vous y récupérez des œuvres d'art que vous recyclez sous des noms d'emprunt. Ça vous en bouche un coin, pas vrai ? »

Dans le lointain, une sirène gémit. Pourquoi m'étais-je attardé dans ce foutu *Relais* ? Si j'avais eu la prescience de Jack ou s'il avait été à mes côtés... En tout cas, je devais agir vite si je voulais sauver les meubles.

« Ecoute, mec. On te met dans la combine et tu ranges ton pétard. Ça va ?

— Tu te trompes de crémerie, gamin. Regarde plutôt. »

La navette rouge et noir de la police venait de se poser sur le béton. Barthélemy abordait les policiers sans manifester de nervosité. L'un des flics jeta un coup d'œil en direction de la verrière, parut exiger une explication. Barthélemy sortit une carte de sa veste et la discussion tourna court. Une fois que la navette eut décollé, il regagna tranquillement la cabine de mon Saviem.

« Je pense qu'on n'a plus besoin de ça maintenant que nos copains du commissariat sont dans le coup. » Jérémie avait posé son arme sur la table. « Votre réseau va être démantelé, et celui de Gros Tim également. Vous êtes en état d'arrestation. Avant de vous embarquer, j'aimerais quand même connaître le fin mot de l'histoire. Qui travaille dans les zones ? »

Depuis que Barthélemy avait montré sa carte aux policiers, trahissant son appartenance à la Spéciale ou à un quelconque Septième Bureau, je n'écoutais plus. J'étais coincé. L'argent me brûlait la cuisse, une vie en dépendait. Mes bras s'envolèrent comme des pistons et la table en fer forgé se renversa, coinçant le gars sous son plateau de marbre. J'avais son arme à la main. Hermann était encore assis, une grande douceur sur ses traits d'Irlandais.

« Où crois-tu aller, gros malin ? Les cow-boys, les Indiens, c'est terminé. »

Le gars du gouvernement se redressait en se tenant l'épaule.

« Il a raison, Phil, insista Hermann. C'est foutu.

— Ferme-la, Hermann. S'il te plaît. Et toi, le zouave, passe devant. »

Mes doigts crispés sur la crosse me faisaient mal. Le tournis s'était emparé de la pièce, des personnages. Je sortis sur l'esplanade écrasée de soleil, le type à une longueur de bras, sa nuque au bout du canon.

« J'ai rien contre toi, mec. Et je sais qu'y a plus rien à tirer de ce merdier, ça, je le sais, mais faut que je me casse. »

J'avais peur qu'il se retourne, qu'il ait les traits de Jack. Cette fois, je ne tirerais pas. On ne tue pas les fantômes.

« On va bien sagement jusqu'au Saviem. Là, tu persuades ton copain de me foutre la paix. Je veux qu'une chose, prendre le camion et disposer d'une journée. Après je m'en fous. Vous venez me chercher, je m'en fous, j'te dis.

— On connaît la musique ! »

Jamais je ne m'étais rendu compte à quel point le parking du *Relais* était immense. Je priais pour que l'autre se montre raisonnable. J'avais mon compte de martyrs pour la journée.

Le camion était encore loin quand le Barthélemy nous aperçut. J'entendis la portière opposée s'ouvrir en douceur. On ne passe pas vingt ans avec une mécanique sans en connaître le moindre soupir. J'accentuai la pression sur la nuque de l'otage et lui soufflai :

« Il nous a repérés. Dis-lui de s'écarter du Saviem, bras en l'air. Au moindre geste suspect, tu morfles.

— Barty ! Laisse tomber pour le moment. Sors de là ! »

L'autre se démasqua lentement, mains levées. Nous continuâmes à avancer. Une bande de corbeaux noirs nous survola en croassant. Qu'avaient-ils donc de si important à me dire ? Vers quels horizons fuyaient-ils à tire-d'aile ? J'espérais qu'Hermann avait profité du répit pour les imiter. Le con, il était encore assis devant son comptoir, les yeux rivés sur nous.

« Va rejoindre ton copain. Attention, pas de gaffe ! »

Il s'éloigna sans se retourner, les épaules arrondies comme s'il craignait que je le truffe par-derrière. Je me précipitai au camion. Ouvris la portière, escaladai le marchepied à reculons, crus m'asseoir…

… plutôt basculai en déséquilibre, la hanche

pressée contre le volant. Mes fesses cognaient contre un obstacle volumineux. Désorienté, je baissai les yeux. Au même instant, une gerbe de feu s'alluma dans mon ventre et un coup de pétard retentit, sec.

Sans plus réfléchir, je me jetai en force sur la banquette, une main pressée contre le flanc, délogeant la tête brune en terre cuite que le salaud avait posée au niveau de mon siège, la faisant rouler jusqu'au plancher. Son regard mort me suppliait de lui pardonner. Il me parlait d'un lac serein à Tuonela où je pourrais glisser au milieu des cygnes.

Je m'arrachai à ce songe trop doux et arrosai le bitume à l'aveuglette, histoire d'obliger les enfoirés à se ranger. Ils voulaient du sang, ils allaient en avoir pour leur pognon. Du Tarentino pur et dur, sans une bavure. Je les repérai sans peine, ils couraient comme des lapins incontinents en direction de la remise.

Je mis le moteur en marche, enclenchai la première et poussai un bouton sous la console. La mire apparut à la place du compte-tours. Je la stabilisai sur leur antigrav, sur cette foutue Corvette de gigolo au rouge agressif. Une pression sur le moyeu du volant et un geyser de flammes embrasa le véhicule. L'explosion me cracha au nez un souffle torride tandis que les tôles arrachées s'écrasaient avec fracas contre la carrosserie du Saviem.

J'étais loin quand les premières volutes, lourdes et noires, montèrent du sinistre. Je pouvais faire confiance à Hermann. Le visiophone du *Relais* serait en dérangement. Ce qui m'inquiétait le plus, c'était ce cœur énorme qui s'était logé dans mon ventre et fouettait mes viscères. Le sang qui gouttait de ma main gauche dessinait des motifs surréalistes sur la bakélite du volant. Le tissu du pantalon me collait au bas-ventre, chaud et glacé à la fois.

L'univers se pressait dans le rectangle gauchi du pare-brise. Tout le reste se fondait en brouillard. Chaque secousse me descellait les entrailles, m'amenant des nausées au bord des lèvres. Des armadas de taches mauves et violettes défilaient en transparence, occultant par intermittence le monde réel. Je surpris mon reflet dans le rétroviseur. J'avais l'air d'une bête sauvage, hâve et ensanglanté. Des traînées de sang séché cernaient mes paupières et mes yeux rouges perdus dans ces flaques rouges ressemblaient aux vitrines d'Amsterdam.

Au pied de la colline de Monteilh semée de villas blanches, le découragement me plaqua contre le Skaï. Je rangeai le camion sur le bas-côté, près du chemin de terre qui conduisait à notre villa. Glissai du siège comme une limace et restai plié contre la roue avant. Une seconde, une minute, une heure ? La planète dansait et mes pieds ne parvenaient plus à suivre le rythme. Enfin, la sarabande ralentit.

L'image d'Emma, pâle et gonflée, avec ses yeux-grottes et son sourire de travesti parfumé à l'anis, flottait dans le ciel.

Je jetai l'arme dans le ravin. J'avais besoin de mes deux mains pour contenir le magma brûlant qui se pressait de l'autre côté de mon ventre.

Je tentai un pas, un autre. Seigneur, accorde-moi la force ! Plus d'une fois, je me retrouvai étalé sur les pierres du chemin. Je ne rentrais ni comme un voleur, ni comme un vainqueur. Je rentrais.

La porte était ouverte et le carrelage du vestibule jouait à saute-mouton. Je m'effondrai contre un mur et songeai au percolateur, digne, étincelant.

J'enfilai l'imperméable mastic du frère d'Emma pendu à une patère, essuyai mes doigts poisseux sur la doublure et entrepris de me nettoyer le visage à la salive. Je pénétrai dans la chambre aussi droit qu'un peuplier.

L'atmosphère de sanctuaire m'assaillit, saturée d'odeurs chimiques. J'aurais aimé parler mais mes lèvres s'y refusaient. Je n'avais plus de mots à ma disposition, seulement un hurlement de douleur. Emma me tournait le dos. Ses cheveux clairsemés dessinaient un masque hirsute et ricanant que la nuque blafarde complétait d'un bourrelet obscène.

Le chèque atterrit sur le couvre-lit, coincé dans l'élastique qui tenait la liasse. Je me retirai ; le temps m'était compté. Avant de refermer la porte, j'eus la satisfaction de surprendre sa main comme une araignée courant sur le patchwork à la recherche des billets. J'hésitai. J'avais cru apercevoir sa tête qui tournait, son maquillage de momie, les cavernes de ses yeux au fond desquelles brûlaient deux minuscules étincelles.

L'esprit plein de particules électriques, je gagnai la cuisine. Filou grattait à la porte de la véranda. Sans une plainte. J'ouvris le réfrigérateur, choisis une canette. J'approchai le goulot de mon oreille. Le crépitement du gaz couvrait à peine les «Philippe» qui sautaient d'écho en écho depuis la chambre. Ils ressemblaient à un rire de folle.

Emma courait sur la plage de Narbonne, pieds nus parmi les débris rouillés des péniches algériennes de débarquement que le reflux dévoilait comme une brassée de souvenirs terribles. Un tsunami menaçait de tout engloutir, l'après-midi et les épaves. Elle se retourna, agitant ses bras d'ange. Des visions de Noëls morts flottaient sur les vagues émeraude, cernées de fœtus de méduses et de requins ventre en l'air. L'obscurité tombait, un train électrique passait, repassait sans trêve sur la jetée. Dans la locomotive noire, presque invisible, une molette raclait contre une pierre à briquet, lançant dans la nuit vieillissante des guirlandes d'étincelles bleutées.

Filou hurlait à la mort.

L'azur des feux devenait si violent que je ne voyais plus rien, même pas l'ombre immense qui naissait dans l'averse métallique, enveloppée d'une cape de lumière aveuglante.

VI

ÉPILOGUE

(Angle mort)

1

Une longue file de vieillards avance dans la tourmente. Ils trébuchent parfois, tombent, se relèvent, soutenus par l'une de ces infirmières hirondelles qui voltigent d'un bout à l'autre de la colonne pour tendre un bras, une épaule où se raccrocher. Les bruns, les verts, les bleus horizon des uniformes hachés en un gris armoise ressemblent à des ailes rognées. Le vent s'y acharne avec une belle constance. Il croit réveiller les cœurs fatigués, les enthousiasmes éteints, il se trompe. Aucun sentiment n'a survécu au désastre.

Les projecteurs patinent d'or terni les fourragères, les médailles, les boutons de guêtre. Au premier plan, défilent des brancards chargés de profils d'aigle sur lesquels la neige pose comme une poudre de jouvence.

Les commentaires *(voix off)* parlent de camps de concentration, d'expériences sur cobayes humains, de distribution illicite de Dyxalium. Le monde atterré vient d'apprendre que depuis trente ans, les cadres militaires disparus survivent tant bien que mal dans Paris Red, dans Tokyo Gold, saignés par des vampires culturels sans âme. Et les professeurs, les grands cliniciens, de se bousculer devant les micros pour parler de radiations rémanentes, d'excitation de la vision esthétique.

Laura éteint la tridi. Les généraux sans étoiles, les colonels aux cheveux d'argent, les amiraux aux yeux révulsés sombrent lentement dans le cube. Le néoromantisme italien hantait des rivages infernaux.

Bruxelles. La cité s'endort sous le spleen. La chape de neige se renforce d'heure en heure. De tous ses vœux, Laura appelle les nuages gros de cristaux. Qu'ils s'ouvrent et saupoudrent le monde de virginité ! Il y a tant de misère à effacer.

Ce siècle ne vaut pas mieux que le précédent. Bien sûr, la torture, le massacre des populations civiles, le napalm, les Z n'incitent pas au pardon. Mais le remède semble pire que le mal. Avait-on vraiment besoin d'extraterrestres pour dresser ces prisons inexorables dans l'enceinte des cités bombardées, au cœur des radiations ? Il y a assez des hommes pour exploiter la détresse de leurs frères.

Laura se cogne le front contre la vitre embuée. Ce n'est pas possible. La bonté, la miséricorde n'existeraient-elles pas, tout là-haut, par-delà les galaxies ?

Elle imagine les vieillards grabataires, secoués par les décharges des Z, brûlés par le Dyxalium, rampant jusqu'à la dernière toile pour y coucher leur désespoir, leur haine de l'humanité. Elle va pleurer. Elle pleure. Elle comprend à présent la noirceur des œuvres du prétendu renouveau européen. Se sentir mourir dans les griffes de la folie, à un pas de la liberté, et trouver la force de tendre un pinceau vers la toile, une spatule vers l'argile. Quelle malédiction a donc enchaîné ces malheureux à leur art ?

Au bout de l'avenue, la Grand-Place s'endort dans un cocon blanc. Les étroites maisons dessinées par Guillaume de Bruyn affichent des airs de duchesses, un peu guindées, un peu outrées. Les souvenirs meurent à l'abri des pierres.

L'appartement ressemble à la ville. Il pue la solitude. En de tels instants, on a envie de s'excuser, de se justifier, de parler. Mais Oswald est reparti depuis un mois à New Houston, le projet *Out of Bounds* arrive au terme de sa première phase. TerraMater approche de la limite du système solaire. Deux hommes, Andy Doyle et Sergueï Kelinski, sont à bord, et il ne s'agit pas de pilotes de chasse mais d'ingénieurs civils, des volontaires. Tout s'est bien passé jusqu'à présent. Le noyau de propulsion Dirach-Younger est une merveille ; jamais on n'a frôlé d'aussi près la vitesse de la lumière. On attend que la navette dépasse Pluton pour fêter l'événement. C'est la première fois qu'un objet habité échappera au soleil. On se croirait revenu en 1961, à l'époque de Gagarine. Entre deux reportages sur les convois humanitaires dépêchés dans les zones Z, les radios et les tridis du monde sont suspendues aux informations transmises par les paraboles géantes. Encore une poignée d'heures et on saura si l'A.S.I., l'Agence Spatiale Internationale, a su se passer du personnel et des laboratoires militaires.

L'écran du visiophone crachote des parasites, une vraie fourmilière électrique. La jeune femme se recoiffe avant de décrocher le combiné.

« Six cent quatorze, vingt-huit, trente-deux.

— *Mister Oswald J. Gould is out. Would you please record a message? Thank you.* »

Evidemment. Il ne dort plus dans son lit depuis une semaine.

Cinq étages plus bas, les moteurs des antigravs tournent dans le coton. Laura a besoin de parler, de soulager sa conscience pour ne pas se perdre dans ce silence qui crie. Elle fait distraitement défiler le fichier d'adresses lorsque le nom de Roderic lui tombe sous les yeux. A peine a-t-elle cliqué dessus que le visage du Vénitien s'affiche, comme un prêtre attendant sa confession.

« Laura! Vous ne pouvez pas savoir le plaisir que vous me faites. Vous avez suivi les actualités?

— Il neige sur Bruxelles et j'ai froid. Vous comprenez ça?

— Si je comprends! C'est pire que ce qu'on imaginait.

— Vous étiez si près de la vérité.

— J'aurais dû bouger, me manifester, je vous avais prévenue.

— Ça n'aurait pas changé grand-chose. Tout s'est passé si vite.

— Bien sûr. Mais s'il n'y avait pas eu cet attentat, jamais on n'aurait démantelé le réseau.

— Un attentat?

— Plusieurs, même. Vous vous rappelez les

238

Van Gogh de Londres, il me semble qu'on en avait parlé à la soirée d'Oswald. »

Elle se rappelle parfaitement l'histoire de l'inconnu qui s'est présenté au British Museum pour proposer trois esquisses du peintre. Et la réaction de Lord Pike qui, bien que convaincu de leur authenticité, a exigé une expertise car il pensait que les originaux se trouvaient encore dans la zone Z d'Amsterdam. L'homme, croit-elle se souvenir, avait refusé de laisser les pièces et promis qu'il reviendrait le lendemain.

«Vous savez ce qu'on raconte! Que Lord Pike n'a jamais revu l'individu qui lui proposait les tableaux. C'est faux. Il l'a revu, mais en photo, trois jours plus tard, sur le *Daily Mirror*. Un beau cadavre sauvagement découpé dans une ruelle de Soho. Vous connaissez les services spéciaux du Yard! Ils ne s'ébranlent pas pour si peu.

— Alors…?

— Il a fallu attendre la catastrophe de La Haye, juste avant votre visite à Venise.

— Vous voulez parler de cette affreuse explosion à la résidence des Huyjstens? Je pensais que l'enquête avait conclu à une fuite de gaz.

— Encore une version officielle! En réalité, il s'agissait d'un explosif de fabrication artisanale placé dans une sculpture de Manzanares.

— Mon Dieu!»

Et Laura songe à la Ca'Rezzonico, à l'oreille fractale de Sliatkine, à cette voix artificielle, déchirante, qui la suit jour et nuit.

«Et ce n'est pas fini! Un mois plus tard, même tragédie au ranch de Paul Getty Six. Le milliardaire et sa femme tués sur le coup. Cette fois, la pièce incriminée est un mobile de Giornimo. Seule variation, juste avant d'exploser, la pièce a projeté un message sur les murs. En français.

— Un message ?

— Oui, du genre : "Libérez-nous sinon nous déclenchons l'apocalypse. Signé : les damnés de la zone." Interpol se félicite encore d'avoir pris la menace au sérieux. Dans la semaine qui suit, ses agents désamorcent deux nouvelles bombes, l'une au Modern Art Museum de Boston, l'autre dans une galerie de Berne. Et ils retrouvent une dizaine de messages similaires dissimulés dans des œuvres d'Hernandez et de Ligetti. Vous vous rendez compte, la chance qu'on a eue, à Venise ?

— Une chance inouïe. J'imagine qu'Oswald aurait tout aussi bien pu déclencher une explosion en animant ce Sliatkine. » Laura remercie en silence l'homme crucifié au halo diaphane qui, du haut de la voûte, les a protégés de son sourire infini. « Vous savez, Roderic, j'aimerais trouver le courage de condamner ces vieux militaires. Mais de quel autre moyen disposaient-ils pour entrer en contact avec nous ?

— Je suis loin de partager votre largeur d'esprit mais je reconnais que s'ils ne s'étaient pas manifestés, ils ne seraient pas libres aujourd'hui. Enfin... je m'en voudrais de terminer sur une note aussi pessimiste.

— Parlez, Roderic, un peu de lumière nous fera le plus grand bien.

— Oh, ce n'est pas très important, mais maintenant que nous disposons de ces fameux Hindleys, comme ils les appellent, avez-vous réalisé que le Louvre, le Prado, le Mauritshuis sont à nouveau accessibles ?

— Ne me dites pas que nous allons revoir les Rembrandt, les Ribera, les Courbet, les Bosch ?

— Si, et *La Chèvre* de Pablo Picasso. Et la *Marilyn Monroe* d'Andy Warhol.

— Roderic ! » La voix de Laura, d'abord songeuse, a pris de l'assurance. « Nous devons intervenir au plus tôt auprès de la Commission Européenne des Arts. Il faut construire de nouveaux bâtiments pour accueillir les pièces que l'on va récupérer dans les zones, se battre pour obtenir un budget plus conséquent. »

L'avenir se construit pierre après pierre. A n'en pas douter, le printemps succédera une nouvelle fois à l'hiver.

« Effectivement, nous avons du pain sur la planche. Et notre ami Oswald, comment supporte-t-il la tension ?

— Si les réacteurs tiennent le coup, Terra-Mater passera le cap symbolique d'ici quelques heures. J'imagine qu'il est sur des charbons ardents.

— Comme tous les habitants de cette planète. Les choses avancent pour chacun et nous avons tendance à oublier combien TerraMater a focalisé les espoirs d'une génération traumatisée par la guerre. En tout cas, dites bien à Oswald que nous sommes tous derrière lui.

— Je n'y manquerai pas. Voulez-vous que je vous rappelle en fin de semaine pour mettre au point la requête à transmettre à la Commission ?

— Parfait. Croyez-moi, les signatures vont tomber.

— On en aura besoin. Encore merci de m'avoir remonté le moral, Roderic. Je ne voyais plus le fond.

— Rêvez à *La Joconde*, *bella donna*, tout se passera bien. »

La jeune femme esquisse un pas de danse sur le tapis de haute laine. Si, sous les halos des réverbères, la neige continue d'effacer le monde, elle sait à présent que le soleil ne sera plus long à venir.

2

Les sirènes hurlent. Dans le ciel en flammes, les bombardiers larguent leurs œufs au-dessus des musées, des cloîtres, des cathédrales. Les statues explosent, les tableaux pleurent des larmes Véronèse avant de partir en fumée. Lenteur désespérante du rêve.

Quatre heures vingt-trois. Laura s'est endormie sur le divan. Elle se frotte les paupières, jette un œil à travers les rideaux. Demain sera blanc.

Dans la tridi, les camps de réfugiés ont cédé la place aux images venues de l'espace. Le tube cathodique jette des vagues couleur lilas dans le salon. Andy Doyle, l'Anglais, ânonne des instructions inaudibles au bénéfice de New Houston. Le codage numérique de la conversation s'affiche en rouge et noir, sous la forme de chiffres bien lisibles au bas de l'écran. Si importants, et pourtant incompréhensibles. Sans doute des détails techniques puisque la station au sol ne prend pas la peine de décoder. Derrière, on devine le crâne chauve de Sergueï Kelinski, l'Ukrainien. Panoramique arrière. Les deux cosmonautes flottent dans le mauve, entre consoles et hublot, prisonniers de leur habit de fœtus. Au début, la transposition chromatique a choqué les spectateurs mais ils ont eu largement le temps de s'habituer. D'autant que les experts se sont empressés d'expliquer que les deux hommes baignaient dans une solution anhydre qui les protégeait des brusques accélérations du Dirach-Younger mais qui avait le défaut de déporter le spectre lumineux vers le bleu. C'est pourtant vrai qu'ils ressemblent à deux dauphins coincés dans une bulle couleur Pacifique.

Kelinski vient de déplacer la caméra. Par à-coups, sa tête rejoint celle de Doyle à l'écran. Laura monte le son.

«... important. Cela va faire quatre jours que TerraMater a dépassé Neptune et l'accélération exponentielle du réacteur... Oui, oui, on me prévient à la régie qu'ils ne sont plus qu'à trois minutes-lumière de l'orbite de Pluton qui est considérée par les spécialistes comme la limite théorique du système solaire.

— Je crois, Charles, qu'il est temps de laisser la parole à nos héros. Les techniciens de New Houston sont en mesure de nous retransmettre ces mots historiques en vocal pur. C'est une énorme surprise, Charles, un exploit technique sans précédent pour lequel on aura connecté les ressources de deux cents Cray Omnium. »

Kelinski est en train de jouer avec le zoom de la caméra. Elle passe au grand-angle, écrase les nez au milieu du cadre, repousse les yeux. Les tempes fuient derrière la vitre des casques, le front s'étale, les oreilles sont loin. Doyle sourit de toutes ses dents ; on dirait à présent une gueule de marsouin.

L'Ukrainien fait passer des tubes de champagne devant l'objectif tandis qu'une marée de parasites monte à l'assaut des haut-parleurs. C'est le chant des étoiles, la symphonie du chaos sur laquelle s'impose une voix qui danse, à cheval sur les ondes.

«Un, deux, trois. Un deux... »

Le crachin stellaire a emporté les mots, il les ramène une octave plus haut.

«... deux, trois. Un, deux... »

Les lèvres de Doyle s'agitent à contretemps comme s'il était mal doublé à la postsynchronisation. Visiblement, là-bas, il a dépassé l'étape du compte préliminaire. Alors que les chiffres se succèdent, on le voit tourner brusquement la tête, son oreille énorme dans l'axe du zoom. Kelinski disparaît du champ. Doyle est maintenant dos à la caméra. L'écran montre en flou la combinaison de vol et le sigle A.S.I. Au premier plan, deux pipettes de champagne dérivent au ralenti. Le bras de Doyle se lève comme s'il cherchait à se protéger ; deux corps reculent ; une lumière aveuglante.

Plus rien.

Sinon, sur fond de ténèbres, l'averse de parasites à travers laquelle la voix d'un homme perdu à des milliards de kilomètres de sa maison apprend à compter.

Puis c'est au tour de la voix de s'éteindre.

La lumière artificielle des studios a pris aussitôt le relais. En attendant les explications de New Houston, un commentateur essaie de combler le vide en insistant sur les difficultés énormes que l'on rencontre dans l'ajustement des masers de réception lorsqu'on se mesure à de telles distances.

Laura est allée ouvrir la porte-fenêtre. Il fait trop chaud dans le salon. Elle laisse les flocons se poser sur sa gorge. Elle les sent fondre, les gouttes rouler sur sa peau. Elle n'a plus sommeil. Elle regarde le ciel à travers le fourmillement blanc. Elle pense au tableau de Giornimo qui fait la une de la *Gazetta dell' Arte*, à l'enfant au visage de craie, au revolver entre ses mains de phtisique, aux étoiles au pied du lit, criblées de balles, au cœur qui brille au plus haut du ciel, qui ne tardera pas à tomber.

La sonnerie aigre-douce du visiophone la rappelle dans la pièce. Le visage d'Oswald s'encadre dans la lucarne. En fond, une piscine émet des signaux argentés. Il fait beau à New Houston.

«Laura…» L'Américain a les traits pâles, la complexion terreuse. Des cernes tracés comme au crayon gras soulignent ses yeux de cocker. Son col de chemise est ouvert, la cravate froissée. «C'est horrible. Ils ont abattu la navette.

— Pour l'amour de Dieu, explique-toi.»

Oswald a détourné les yeux. Il regarde les plongeurs insouciants, l'eau bleu Javel qui palpite le long des carreaux.

«Ce n'était qu'une question de secondes, ils allaient sortir du système. Au dernier moment, Doyle a vu une escouade d'engins les encadrer. Le même genre de capsule, que celles qui ont survolé les zones Z. Il a eu le temps de dire : "Un faisceau blanc se dirige sur nous. Seigneur, ayez pitié…" et tout s'est éteint. Depuis, les signaux d'alarme sont au rouge et nous n'avons aucun espoir de rétablir le contact. »

Un barrage craque. Laura se met à sangloter.

« C'est ainsi, Laura, encore un vieux rêve qui nous lâche. Nous n'irons pas dans les étoiles. Le cercueil de Doyle et Kelinski marque la limite de notre domaine. Au-delà, ils nous attendent.

— C'est le dernier Cercle, n'est-ce pas ?

— En quelque sorte. Ces salauds d'extra-terrestres nous ont emprisonnés dans le système solaire et leurs gardes nous surveillent depuis la périphérie.

— Il n'y a plus d'espoir, alors ?

— Avant Doyle et Kelinski, nous avons eu deux autres victimes. Deux chimpanzés, Ahmed et Nikita. Dans les mêmes circonstances.

— C'est sûr, maintenant, ils ne nous laisseront pas passer. Vous avez eu tort d'insister.

— Je ne pense pas, il reste encore une chance. Les sondes automatiques franchissent la frontière sans problème. »

Il y a des moments où Laura regrette d'avoir perdu la foi. Le progrès, la science ne suffisent pas. On a besoin d'une béquille plus forte. Si je croyais en Dieu, se dit-elle, je serais au moins certaine qu'un jour, quelqu'un, au-delà du rideau, viendra nous délivrer.

« Tu vas abandonner ?

— Jamais. Plutôt mentir que sacrifier la communauté intellectuelle qui a travaillé sur le projet. L'avenir du monde en dépend. Les militaires du Gold nous ont montré l'exemple, et nous avons décidé de mettre en chantier une sonde à message. Elle explosera au large d'Alpha du Centaure d'ici la fin de l'année prochaine. Peut-être existe-t-il des races humanoïdes de l'autre côté ? Des amateurs d'art, des esthètes. »

La jeune femme imagine les armadas d'astronefs qui devront percer la barrière des étoiles pour éveiller l'attention d'éventuels sauveteurs. Des sondes bourrées de bombes atomiques déguisées en *Vénus de Milo* ? Des capsules molles fondues selon les délires d'un Dali, des parois de réacteurs tapissées de motifs vasaréliens, des arcs-en-ciel de Turner reproduits sur les ailerons, des vitraux de titane coloré à la place de hublots ? L'art comme unique moyen d'expression, comme un cri, essentiel, indispensable à la survie de l'homme… un autre vieux rêve…

« J'en viendrais presque à souhaiter que des searchers se soient déjà risqués dans notre univers.

— Tu penses à l'inconnu de Londres ?

— Pourquoi pas ? Roderic me disait tout à l'heure qu'on n'a retrouvé les Van Gogh nulle part.

— D'une manière ou d'une autre, nous aussi nous trouverons la faille. Et si nous échouons, nos enfants prendront la relève. Ça ne sert à rien de se lamenter, Laura. Il ne tient qu'à nous de reconstruire un monde plus présentable. »

Derrière le silence de l'écran qui s'éteint, la sonnerie étouffée d'un avertisseur s'éternise, en bas, dans la rue. Laura est sortie sur le balcon. Elle grelotte. L'avenue enneigée porte une double marque noire, rectiligne qui s'envole au bout des lumières. C'est horrible de penser que Terra-

Mater ne brille plus là-haut, que des salauds venus d'ailleurs ont éteint délibérément une étoile, mais elle se dit que, ce matin, Bruxelles la Blanche accueille une exposition de Frans Hals. Que demain, *La Joconde* livrera le secret du sourire qui a traversé les siècles. En plissant les yeux très fort, on peut parfois occulter les barreaux de la cage. Il suffit de trouver la force de sourire.

Il existe encore de par le monde des prisons plus horribles que celle qui a été assignée à l'humanité. C'est par là qu'il faut commencer.

Science-Fiction

Depuis 1970, J'ai lu exploré les vastes territoires de la Science-Fiction pour mettre à la portée d'un très vaste public des chefs-d'œuvre méconnus. De la *hard science* à l'*heroic fantasy*, des auteurs classiques à l'avant-garde cyberpunk, des maîtres américains à la nouvelle génération des auteurs français, tous les genres sont représentés sous la désormais célèbre couverture argent et violet. Un seul critère guide notre choix : la qualité des textes.

ANDERSON Poul

La reine de l'air et des ténèbres
1268/3

Sur la planète Roland, loin de la Terre, la population se divise en deux groupes hétérogènes. Les scientifiques habitent des cités modernes, sur la côte, tandis qu'à l'intérieur des terres, des paysans superstitieux croient encore à la toute-puissance de la reine de l'Air et des Ténèbres et aux monstres voleurs d'enfants.

La patrouille du temps
1409/3

APRIL Jean-Pierre

Berlin-Bangkok
3419/4 Inédit

A Bangkok, la Babel du XXIe siècle, un scientifique allemand en mal d'épouse se fait piéger dans un gigantesque complot.

ASIMOV Isaac

Auteur majeur de la S-F américaine, Isaac Asimov est né en Russie. Naturalisé américain, il fait des études de chimie et de biologie, tout en écrivant des romans et des nouvelles qui deviendront des best-sellers. Avec les robots, il trouve son principal thème d'inspiration.

Les cavernes d'acier
404/4

Les cavernes d'acier sont les villes souterraines du futur, peuplées d'humains qui n'ont jamais vu le soleil. Dans cet univers infernal, un homme et un robot s'affrontent.

Les robots
453/3

Face aux feux du soleil
468/3

Sur la lointaine planète Solaria, les hommes n'acceptent plus de se rencontrer mais se «visionnent» par écran interposé. Dans ces conditions, comment un meurtre a-t-il pu être commis ?

Tyrann
484/3

Un défilé de robots
542/3

Cailloux dans le ciel
552/3

La voie martienne
870/3

Les robots de l'aube
1602/3 & 1603/3

Le voyage fantastique
1635/3

Les robots et l'empire
1996/4 & 1997/4

Espace vital
2055/3

Asimov parallèle
2277/4 Inédit

La cité des robots
- La cité des robots
2573/6 Inédit
- Cyborg
2875/6
- Refuge
2975/6
Robots et extra-terrestres
- Le renégat
3094/6 Inédit

Une nouvelle grande série sous la direction du créateur de l'univers des robots. Naufragé dans un monde sauvage peuplé de créatures-loups, Derec affronte un robot rebelle.

- L'intrus
3185/6 Inédit

Deuxième volet d'une série passionnante, par deux jeunes talents de la S-F parrainés par Asimov.

- Humanité
3290/6 Inédit

Robots temporels
- L'âge des dinosaures
3473/6 Inédit (Par F. WU)
- Le dictateur - Le guerrier
4048/7 Inédit (Par F. WU)
La trilogie de Caliban
- Le robot de Caliban
3503/6
- Inferno
3799/5 Inédit

L'application des Nouvelles Lois de la robotique met en péril la sécurité des humains sur Inferno. L'avenir de la planète va se trouver compromis par un crime autrefois impensable.

ATWOOD Margaret

La servante écarlate
2781/5

Science-Fiction

AYERDHAL
L'histrion
3526/6 Inédit
Balade choreïale
3731/5 Inédit
Sur une planète lointaine, une terrienne et une non-humaine s'affrontent ou font alliance, en fonction des détours d'une politique subtile.

Sexomorphoses
3821/6 Inédit

BLAYLOCK JAMES
Homunculus
3052/4 Inédit FANTASY
Reliques de la nuit
4049/8 Inédit FANTASY

BLISH JAMES
Semailles humaines
752/3

BRIN DAVID
Marée stellaire
1981/6 Inédit
Le facteur
2261/5 Inédit
Elévation
2552/5 & 2553/5
Les Galactiques décident de donner une leçon aux humains, mais Robert et Athaclena, la mutante, contre-attaquent.

BROOKS TERRY
Le glaive de Shannara
3331/8 Inédit FANTASY
Après la dernière guerre des races, les habitants des Quatre Terres sont parvenus à reconstruire une civilisation. Mais les forces du Mal veillent et, pour empêcher un nouveau désastre, Shea doit s'emparer du glaive de Shannara.

Les pierres des elfes de Shannara
3547/7 Inédit FANTASY
L'enchantement de Shannara
3732/8 Inédit FANTASY
Royaume magique à vendre !
3667/6 FANTASY

BUTLER OCTAVIA E.
La parabole du semeur
3948/6 Inédit

CANAL RICHARD
Swap-Swap
2836/3 Inédit
Ombres blanches
3455/4 Inédit
Aube noire
3669/5
Le cimetière des papillons
3908/4 Inédit

CARD ORSON SCOTT
Abyss
2657/4
La stratégie Ender
3781/5
La voix des morts
3848/6
L'extermination des Doryphores par Ender est à présent considérée comme une gigantesque erreur. Lorsqu'une nouvelle race d'extra-terrestres est découverte sur la planète Lusitania, les humains délèguent pour établir des contacts avec celui qu'on nomme le Porte-Parole des Morts et qui n'est autre qu'Ender...

Xenocide
4024/8
Troisième volume des aventures d'Ender le Stratège, surnommé la Voix des Morts. Un virus mortel menace les humains qui ont colonisé la planète Lusitania. Mais le détruire revient à anéantir les indigènes, pour la reproduction desquels ce virus est indispensable. Ender parviendra-t-il à éviter un nouveau xénocide ?

CHERRYH C.J.
Hestia
1183/3
Chasseurs de mondes
1280/4
Les adieux du soleil
1354/3
Les seigneurs de l'Hydre
1420/4 Inédit
L'opéra de l'espace
1563/3 Inédit
Chanur
1475/4 Inédit
L'épopée de Chanur
2104/4 Inédit
La vengeance de Chanur
2289/4 Inédit
Le retour de Chanur
2609/7 Inédit
L'héritage de Chanur
3648/8 Inédit
La pierre de rêve
1738/3
L'œuf du coucou
2307/3
Cyteen
2935/6 & 2936/6 Inédit
Politicienne habile, Ariane Emory vise l'immortalité, l'apanage des dieux, pour mener à bien ses projets.

Forteresse des étoiles
3330/7
Temps fort
3417/7 Inédit
XXIᵉ siècle. Dans le cosmos, les matières premières se raréfient. Sur les ordres de la "Compagnie", Bird et Ben prospectent. Soudain, ils captent un SOS lancé par un vaisseau spatial à la dérive...

Les portes d'Ivrel
3631/4 FANTASY
Le puits de Shiuan
3688/5 Inédit FANTASY
Les feux d'Azeroth
3800/4 Inédit FANTASY
La porte de l'exil
3871/8 Inédit

Science-Fiction

CLARKE ARTHUR C.

Né en 1917 en Angleterre, Arthur C. Clarke vit depuis de nombreuses années à Ceylan. Cet ancien président de l'Association interplanétaire anglaise, également membre distingué de l'Académie astronautique, a écrit une cinquantaine d'ouvrages, dont certains sont devenus des classiques de la Science-Fiction.

2001 : l'odyssée de l'espace
349/2

Quelque part, du côté d'un satellite de Saturne, une source inconnue émet des radiations d'une extraordinaire puissance. Une mission secrète va entraîner l'Explorateur I et son équipage aux confins du cosmos, leur permettant de percer le mystère des origines de la vie.

2010 : odyssée deux
1721/4

2061 : odyssée trois
3075/4

Les enfants d'Icare
799/3

L'astronef s'était posé sur Terre sans que nul s'en aperçoive et maintenant, ses occupants imposaient leur volonté aux hommes. L'existence de l'humanité n'était-elle pas menacée ?

Avant l'Eden
830/4

Terre, planète impérial
904/4

L'étoile
966/3

Rendez-vous avec Rama
1047/3

Rama II
3204/7 Inédit *(avec Gentry Lee)*

Les jardins de Rama
3619/6 Inédit *(avec Gentry Lee)*

Lorsque Rama II, l'astronef d'origine extra-terrestre, quitte le système solaire, il emporte à son bord trois humains, dont la mission est de reconstituer une colonie, loin de leur planète d'origine. Mais l'entreprise va s'avérer périlleuse.

Rama révélé
3850/8 Inédit *(avec Gentry Lee)*

Suite et fin du cycle de *Rama*. Arthur Clarke livre ici une explication exhaustive et surprenante de la création de l'univers.

Les fontaines du Paradis
1304/4

Les chants de la Terre lointaine
2262/4

Base Vénus

Lorsqu'elle reprend conscience, Sparta s'aperçoit que trois ans de son existence ont totalement disparu de sa mémoire. Plus troublant encore : elle se découvre d'étranges pouvoirs. Comme si son corps et ses perceptions avaient été reconfigurés... A la recherche de son passé, Sparta rejoint alors l'orbite de Vénus.

- Point de rupture
2668/4 Inédit

- Maelström
2679/4 Inédit

- Cache-cache
3006/4 Inédit

- Méduse
3224/4 Inédit

- La lune de diamant
3350/4 Inédit

- Les lumineux
3379/4 Inédit

Le fantôme venu des profondeurs
3511/4 Inédit

La Terre est un berceau
3565/7 *(avec Gentry Lee)*

Le marteau de Dieu
3973/3

COCHRAN & MURPHY

Le maître de l'éternité
3814/9 Inédit FANTASY

CURVAL PHILIPPE

Le ressac de l'espace
595/3

La face cachée du désir
3024/3

DANIELS LES

Le vampire de la Sainte Inquisition
3352/4 Inédit FANTASY

DARTEVELLE ALAIN

Imago
3601/4

DE HAVEN TOM

Chroniques du vagabond
- D'un monde l'autre
3186/5 Inédit FANTASY

Parmi les clochards de Crane Park, Jack frappe par son étrangeté. Il prétend être venu d'un monde parallèle par une déchirure de l'atmosphère et se promène avec une guêpe qui lui obéit comme un chien...

- Le Mage de l'Apocalypse
3308/5 Inédit FANTASY

- Le dernier humain
3566/5 Inédit FANTASY

DEMUTH MICHEL

Les Galaxiales
693/4

DEVLIN DEAN

Stargate
3870/6 Inédit

Science-Fiction

Composition Interligne B-Liège
Achevé d'imprimer en Europe (France)
par Brodard et Taupin à La Flèche (Sarthe)
le 17 mai 1996. 6853N
Dépôt légal mai 1996. ISBN 2-277-24156-3

Éditions J'ai lu
84, rue de Grenelle, 75007 Paris
Diffusion France et étranger : Flammarion

4156